拙者、妹がおりまして❺

馳月基矢

双葉文庫

目次

主な登場人物

白瀧千紘（一八）

勇実の六つ下の妹。兄の勇実を尻に敷いている。足が速く、よく笑い、せっかちというか騒々しい。気が強くて、世話焼きでお節介。機転が利いて、何事にもよく気づくのに、自身の恋愛に関しては鈍感。

白瀧勇実（二四）

白瀧家は、家禄三十俵二人扶持の御家人で、今は亡き父・源三郎（享年四六）の代に小普請入り。勇実は長男。母は十の頃に亡くしている（享年三二）。読書好き。のんびり屋の面倒くさがりで出不精。父が始めた本所の手習所（矢島家の離れ）を継いでいる。

亀岡菊香（二〇）

猪牙舟から大川に落ちたところを勇実に助けられた。それがきっかけで千紘とは無二の親友に。優しく、芯が強い。剣術ややわらの術を得意とする。長いまつげに縁どられた目元や、おっとりした物腰が美しい。

矢島龍治（二二）

白瀧家の隣家・矢島家にある矢島道場の跡取りで師範代。細身で上背はないものの、身のこなしが軽くて腕は立ち、小太刀を得意とする。面倒見がよく、昔から兄の勇実以上に千紘のわがままをきいてきた。

矢島与一郎（四六）…… 龍治の父。矢島道場の主。
矢島珠代（四三）………… 龍治の母。小柄できびきびしている。
亀岡甲蔵（四八）………… 家禄百五十俵の旗本。小十人組士。菊香と貞次郎に稽古をつけている。
亀岡花恵（四一）………… 甲蔵の奥方。
亀岡貞次郎（一四）…… 菊香の弟。姉とよく似た顔立ち。一月に元服をしたばかり。
お吉（六三）……………… 白瀧家の老女中。
お光（六三）……………… 矢島家の老女中。
おえん（三六）…………… かつて勇実と恋仲だった。

イラスト／Minoru

大平将太（一八）……生家は裕福な家系。千紘と質屋の跡取り息子・梅之助と同い年の幼馴染み。かつては扱いの難しい暴れん坊だったが、龍治の導きで落ち着いた。六尺以上の長身で声が大きい。

岡本達之進……山蔵に手札を渡している北町奉行所の定町廻り同心。年は四〇歳くらい。細身の体に着流し、小銀杏髷が小粋に決まっている。からりとした気性で町人に人気がある。

山蔵（三五）……目明かし。蕎麦屋を営んでいる。年の割に老けて見える。もともとは腕自慢のごろつき。矢島道場の門下生となる。

伝助（三一）……山蔵親分と懇意の髪結い。細面で、女形のような色気がある。

井手口百登枝（六六）……千紘の手習いの師匠。一千石取りの旗本、井手口家当主の生母。両国橋東詰に建つ広い屋敷の離れに隠居して、そこで手習所を開いている。博覧強記。

おユキ（一四）……百登枝の筆子。

井手口悠之丞（一六）……百登枝の孫。井手口家の嫡男。

酒井孝右衛門……小普請組支配組頭。年は六〇歳くらい。髪が薄く、髷はちんまり。気さくな人柄で、供廻りを連れずに出歩くことも多い。

尾花琢馬（二九）……支配勘定。勘定所に勇実を引っ張ろうと、ちょくちょく白瀧家に姿を見せる。端整な顔立ちで洒落ている、元遊び人。

遠山左衛門尉景晋……勘定奉行。白瀧源三郎のかつての仕事ぶりに目を留める。

深堀藍斎（三〇）……蘭方医。

志兵衛……日本橋の書物問屋「翰学堂」の店主。四五歳くらいの男やもめ。

佐助……勇実と龍治の行きつけの湯屋・望月湯の番犬。茶色の毛を持つ雄犬。

勇実の手習所の筆子たち

海野淳平（一一）……御家人の子。
久助（一〇）……鳶の子。ちょっと気が荒い。
白太（一二）……のんびり屋で、絵を描くのが得意。
良彦（一〇）……鋳掛屋の子。まだ細く高い声。
丹次郎（九）……炭団売りの子。
河合才之介（八）……御家人の子。
十蔵（八）……かわいらしい顔立ち。
乙黒鞠千代（八）……旗本の次男坊。頭がいい。

乙黒郁代……鞠千代の母。

拙者、妹がおりまして⑤

第一話　いにしえより後世へ

一

千紘《ちひろ》は辛抱《しんぼう》できなくなって、とうとう勇実《いさみ》に訊《き》いてしまった。

「兄上さま、菊香《きくか》さんとのことは、今どうなっているのですか？」

勇実は庭で木刀を振るっているところだった。同じ型で延々と、二百も三百も素振りをする。考え事をして疲れた頭を空っぽにするには、これがいちばんよいらしい。

秋八月。

庭で体を動かすにも心地よい季節だ。さらりと乾いた風が吹く。その風に乗って、どこからか金木犀《きんもくせい》の香りが漂ってくる。

ぽかぽかとした日差しは、そろそろ夕方に近づいて、いくらか橙色《だいだいいろ》がかっている。

勇実は腕で額の汗を拭《ぬぐ》い、目を見張ってみせた。

「何の話だ？」

「とぼけないでください。先月の出来事の続きです。菊香さんがあの無茶な縁談を断ることができたのは、兄上さまが菊香さんを救い出したからでしょう？」

「いや、それはちょっと違ってだな」

「何がどう違うというんです？」

「菊香さんの心を救い、無体《むたい》な仕打ちを企てた相手を真っ向から退《しりぞ》けたのは、貞《てい》次郎《じろう》さんだ。亀岡《かめおか》家の嫡男としてお家の誇りを守るために、そして、菊香さんの弟として姉上の誇りを守るために、なすべきことをした。私はその手伝いをしただけだ」

「嘘！　それだけではないはずよ。兄上さまと菊香さんが手をつないでいたって、髪結《かみゆ》いの伝助《でんすけ》さんが言ってました」

千紘が詰め寄っても、勇実はやんわりと笑って目を伏せるばかりだ。

「どうだったかな。いずれにせよ、続きなど何もない。あの一件は貞次郎さんのお手柄だった。深川《ふかがわ》で話題になっているとおりだ。強敵にも怯《ひる》まず立ち向かう弟武者の雄姿というものは、源義経《みなもとのよしつね》しかり、曽我五郎《そがごろう》しかり、人の心を打つんだろうな」

話はここでおしまいとばかりに、勇実は千紘から数歩離れると、また木刀を振るい始めた。日頃はさほど熱心に鍛えている様子でもないのに、びゅっと打ち込む動きは鋭い。

千紘は膨《ふく》れっ面《つら》になった。

「でも、兄上さまは菊香さんのことが好きなんでしょう？」

率直な言葉にも、もう勇実はうろたえない。木刀を振るい続けながら、気息《きそく》の合間に答える。

「そうだな。私には、嫌いな相手はいないよ。人というものが好きだから」

「とぼけないで。そんな意味で言っているんじゃありません。ねえ、兄上さまったら！」

しばらく千紘が睨《にら》んでいても、勇実は素振りをやめない。千紘の問いに応じるつもりもないらしい。

「兄上さまの馬鹿」

千紘はぷいと背を向けて、隣との境にある、壊れた木戸をくぐった。

今年で十八の白瀧《しらたき》千紘は、六つ年上の兄、勇実と共に、父から受け継いだ本所《ほんじょ》相生町《あいおいちょう》の屋敷に住んでいる。二親はすでに亡《な》い。

父の源三郎《げんざぶろう》は勘定所《かんじょうしょ》のお役に就いていたこともあるというが、千紘は少しも覚えていない。千紘の思い出にあるのは、小普請《こぶしん》入りして今の屋敷に移ってきてからのことだけだ。その父が儚《はかな》くなったのは、四年前の秋だった。

源三郎は手習所《てならいじょ》の師匠だった。白瀧家の屋敷は建物も庭も狭いが、垣根を隔てた隣の矢島《やじま》家は広々としている。その離れを借りて、手習所を営んでいた。

父の手習所は勇実が引き継いだ。通ってくるのは男の子ばかりだが、千紘も皆と顔見知りだ。毎朝、筆子《ふでこ》たちは寝坊助《ねぼすけ》の勇実を起こしに来る。千紘ともあいさつを交わし、おしゃべりをし、時には一緒になって笑い合ったりもする。

筆子たちの近頃の関心事は、生意気にも、千紘や勇実の恋路についてだ。

幼い男の子たちのことだから、大人の男と女の仲がどういったものかをきちんとわかっているわけではあるまい。それゆえに遠慮がないので、かえって扱いにくい。

「千紘姉ちゃんはいつになったら龍治《りゅうじ》先生と祝言《しゅうげん》を挙げるんだ？」

耳にたこができるほど繰り返されてきた冷やかしだ。千紘も筆子たちの前では、もはやいちいち照れたり焦ったりしない。

「はいはい、余計なことを言う暇があったら九九を覚えなさい」

「もう覚えた！」

「あら、それなら、九九の早口勝負よ。わたしに勝ったら、かりんとうをあげましょうか」

そうやってごまかして、筆子たちの関心も自分の本心も丸め込むのだ。

いつになったら祝言を挙げるのか。その相手は龍治なのか。

千紘だって、問うてみたい。

いや、問いたくない。

答えを出すのは、まだ怖い。

龍治は、隣の矢島家の跡取り息子だ。年は、千紘より四つ年上の二十二。父の与一郎《よいちろう》が師範を務める剣術道場で日々腕を磨き、自らも師範代として門下の弟子たちに稽古をつけている。

幼馴染みの龍治のことを、もう一人の兄のような人だと、ずっと思ってきた。

けれど、それだけでは言い表せない想いが、千紘の胸にはいつしか育っていた。

こんな想いをどうすればよいのか、わからない。自分のことがいちばん難しい。

人のことなら、いくらでもよく見える。あれこれ世話を焼いて、何が何でもうまくいかせてやろうとさえ思うのに。

千紘が目下どうにかしたいと考えているのは、兄の勇実のことだ。のんびりやでぼんやりしていて、嘘つきではないけれど、なかなか本心を表に出そうともしない。

勇実は菊香に惹かれている、と千紘は見ている。

八丁堀《はっちょうぼり》に住む亀岡菊香は、千紘の親友だ。千紘より二つ年上で、その年の差よりずっと大人びていて、美しくてたおやかで、物知りで武術にも通じていて、とても心優しい。非の打ち所のない人で、もしも千紘が男だったら、菊香のことを放ってなどおかない。

だから千紘には、勇実が菊香に惹かれる気持ちがよくわかる。

控えめな菊香は、千紘とは気兼ねなく話すものの、勇実には自分から言葉をかけない。勇実のほうも、もともとさほどしゃべるたちではない。顔を合わせても、二人の間にはこれといって会話がない。

それでも、勇実はしばしば菊香を見つめている。目が合って、菊香が何となく勇実に会釈《えしゃく》をする。勇実が照れたような笑みを返す。そんな場面を、千紘はたびたび目にしている。

これを恋の一幕《ひとまく》と呼ばずして、何と呼ぶのか。

しかも、勇実は先月、姉を一心に思いやる貞次郎と力を合わせて、菊香を不埒《ふらち》な男の手から救い出した。たいそうな立ち回りだったようで、その舞台となった深川では、辰巳《たつみ》芸者たちが即興の唄にするほど評判を呼んだらしい。

ただし、唄の主役は貞次郎だ。紅顔《こうがん》の美少年が姉のため、強欲で下品な助平《すけべい》野郎をぶちのめした。その筋書きが、男勝《おとこまさ》りで気《き》っ風《ぷ》のいい辰巳芸者の心に刺さったらしい。唄によれば、勇実の役回りは貞次郎の付き人である。どうしてそうなった？

千紘はその場面に居合わせなかった。残暑に中《あ》てられて具合が悪く、心配しながらも、一緒に行くことができなかったのだ。

涼しい夜になってから、龍治に付き添われて亀岡家に駆けつけたときには、菊香はすっきりとした顔をしていた。心配をさせてしまいましたね、ごめんなさいと謝られただけで、詳しい成り行きを教えてはもらえなかった。

千紘は、勇実のそっけなさにぷりぷりしながら、矢島家の広い庭を横切った。

剣術の稽古はちょうど休憩中らしい。道場の中ではなく、表の日だまりのほうに、汗をかいた男たちが集まっている。皆が皆、しゃがんで顔を地面に近づけて、明るい声を上げている。

中でも、いちばん楽しそうにはしゃいでいるのは龍治だ。すっかり四つん這いになって、汗まみれの土まみれで笑っている。

「よーし、正宗《まさむね》！　拾ってきた枝を俺に渡すんだ。そう、それでいいぞ。よしよし、いい子だ。おやつをやろうな」

正宗と呼ばれたのは、白いふわふわの子犬だ。

龍治は正宗に鰯《いわし》の煮干しを与えた。出汁《だし》を取った後の、ふやけた煮干しだ。おやつをもらった正宗は、嬉しそうに龍治の顔をぺろぺろ舐め回した。

「うわぁ、魚くせえ。はしゃぐか食うか、どっちかにしろよ」

龍治は文句を言いながらも、楽しくて仕方ない様子だ。

正宗という名のこの子犬は、生まれてから四月ほどになる。勇実と龍治の行きつけの湯屋、望月湯《もちづきゆ》の番犬である佐助《さすけ》の子だ。

茶色い毛並みの佐助はたいそうな名犬で、捕物《とりもの》で活躍したこともあれば、人を出し抜いて隠れ家をこしらえていたこともある。その隠れ家で、真っ白な美しい雌犬《めすいぬ》との間に生まれたのが四匹の子犬で、そのうちの一匹が正宗だった。

千紘が近づくと、正宗は誰より早く振り向いて、愛想よく尻尾《しっぽ》を振ってみせた。

「龍治さんったら、またそうやって着物を汚して。子供みたいですよ」

「子供で結構。なあ、正宗？」

犬好きの龍治は、正宗をつかまえて抱きかかえ、仰向けに転がって胸に乗せた。遊びたい盛りの幼い正宗は、嬉しそうに龍治の胸の上で飛び跳ねる。

ぴんと立った耳とくりくり丸い目、舌を出して笑ったような顔は、父親である佐助によく似ている。似てきた、というのが正しい。少し前までは耳が垂れ、むくむくした脚は妙に太く短くて、顔つきも眠たげでぼんやりしていたものだ。

正宗の飼い主は、龍治ではない。

脚を投げ出して座っている男が、苦笑交じりに千紘に頭を下げた。

「うちの正宗のせいでやかましくなってしまって、すまないね。でも、矢島道場で預かってもらえて助かるよ。正宗は見てのとおり元気いっぱいだから、私のこの脚では、ちゃんとかまってやることができなくてね」

この脚、と指差された右の脛《すね》は、添え木をして、布でぐるぐる巻きにされている。骨が折れているらしい。

男は矢島道場の門下生で、田宮心之助《たみやしんのすけ》という。千紘も昔からよく知る相手だ。勇実と同い年で、柔らかな物腰の、人の好い男である。美男でも醜男《ぶおとこ》でもなく、ほどほどにすっきりした顔かたちも、人目を惹きはしないが印象がよい。

「心之助さんのお怪我の具合、やっぱりひどいんです?」

「まあ、そこそこかな。骨がくっつくまでは、おとなしくしないといけないらしい。でも、ほかは擦り傷や青あざに、節《ふし》を軽くひねった程度だよ」

心之助は近所に住む独り身の御家人である。父の代から小普請入りしており、その父も早くに亡くし、母もおらず、唯一の身寄りだった祖母もこの春に大往生《だいおう》を遂げた。祖母の世話のために雇っていた通いの女中もそれを機に、もう若くないからと仕事を退いた。

一人暮らしの屋敷はさすがに少し寂しいと、心之助は困ったような顔で笑っていた。それで、望月湯に子犬が生まれたとき、龍治が紹介したのだ。

龍治はひっくり返って胸の上で正宗を遊ばせながら、心之助に言った。

「怪我のことは皆にも正直に話しておけよ。折れたのは右脚だけで済んじゃいるが、あっちもこっちも腫れ上がって大変だったくせに。頭も打って、医者にも心配されてさ。ようやく顔の腫れが引いたから、今日は杖をついてここまで来られたんだ」

えっ、と周囲の門下生たちから声が上がる。

心之助は相変わらず苦笑したまま、ごまかすように頭を掻《か》いた。

「いや、そう大げさに言わないでほしいな。確かにひどい怪我だったけど、どんどん治っているから、もう平気だ。医者にも、こんなに体が頑丈な人はめったにいないと驚かれるくらいだよ」

「過信は禁物《きんもつ》だぜ」

「でも、動かないと体がなまるし、働かないと暮らしていけない。明日からまた、松井《まつい》さまのところに勤めに行く。そのあいさつをしてきたところだよ」

「また無茶をする。心さんはまじめすぎるんだ」

心之助は、回向院《えこういん》の北側に屋敷を構える旗本の松井家で、子息たちの剣術の師匠として勤めている。もとは矢島道場に剣術指南の話が来たのだが、与一郎は心之助がふさわしかろうと、松井家に推したのだ。

立ち合いの勝負をしても、心之助はさほど強くない。気が優しすぎるせいでもあるし、動きの一つひとつが型のとおりに正しすぎて、次の手を読まれてしまうのだ。

だが、人に教えるのはうまい。型稽古も基本に忠実で、演武は端正。人当たりがよく、相手のことを細かく見ている。剣術の師匠として生きていくには得がたい才を持っていると、与一郎は太鼓判を押している。

松井家の子息たちは揃って気位《きぐらい》が高いと、千紘は聞いている。その兄弟とも、心之助はうまくやっているらしい。とげのあることを言われはするが、無理なく受け流してしまうようだ。

龍治は正宗を抱きしめながら身を起こした。眉をひそめて真剣な目をすると、幼顔《おさながお》の印象も鳴りを潜める。

「用心してくれよ、心さん。杖をついて歩かなけりゃならない今の心さんじゃあ、刀を抜いて身を守ることもできねえ。心さんに怪我を負わせた連中は、まだのうのうとしているんだろう？」

「そうだね。どういうわけか、番所《ばんしょ》も手が出しにくい相手だったようだから。あの料理茶屋で働いている女中たちが心配だよ」

「浅草《あさくさ》って言ってたか？」

「ああ。浅草新鳥越町《しんとりこえちょう》にある料理茶屋だ。知り合いに誘われて待乳山聖天《まつちやましょうでん》に出向いて、小腹が減ったから、たまたま入った店だった。でも、何だか変だと感じてすぐに店を出た。そうしたら、奥から店の主《あるじ》らしき男が出てきて、客を逃がした咎《とが》で女中たちを殴り始めてね」

「いきなりか？　話が通じそうにないな」

「黙っていられなかった。思わず止めに入ったら、私に矛先《ほこさき》が向いてしまった。店の表に連れ出されて、五人ほどのならず者に囲まれて、こういうことになってね」

　心之助は、殴る身振りをしてみせた。

　龍治を除く皆は、この話を初めて聞いたらしい。勇実の筆子でもある十一の海野淳平《うんのじゅんぺい》が、むっと怒った顔をした。

「大勢で取り囲むなんて卑怯《ひきょう》です。いえ、ただの喧嘩なら、いくら立ち合いが苦手な心之助さんでも、そう後れを取るはずもありませんよね。女中を人質に取られて、刀を抜けなかったんでしょう？」

「そうなんだけどね。でも、仮に私が刀を抜いたところで、五、六人を相手に渡り合うのは難しかったよ。まあ、店の奥に連れ込まれて刃物を向けられたわけじやなく、見せしめのように表で殴られただけだから、黙って耐えていればどうにかなると考えた」

「じゃあ、心之助さんは、ただ殴られていたんですか？」

「急所を避けたり、受け身を取ったりしながらね。淳平も知ってのとおり、私はさほど強くない。打たれることには慣れているから、どうにかうまくやれたわけだ」

心之助は穏やかな声音《こわね》で言ったが、千紘は顔をしかめた。聞くだけでも、体のどこかが痛んできそうな話だ。

幸いなことに、そのとき一緒にいた心之助の知り合いがすぐに助けを呼んでくれた。医者のところへ担ぎ込み、その後の世話も焼いてくれたという。

「あの人のおかげで命拾いしたんだよ。うまい下り酒でも贈っておかないとな」

心之助があくまで笑い話のような調子で語るから、千紘はとうとう叱りつけてしまった。

「笑って話せるようなことではないでしょう？　何て危なっかしいことをするんですか。ただ打たれて殴られるために体を鍛えてきたのではないはずです。命を大事にしてください」

心之助は目を丸くすると、首をすくめて身を縮めてみせた。

「すまない。いや、千紘さんの言うとおりだ」

「おかしな人たちと関わりを持ってしまって、しかもその相手はお咎めを受けていないんでしょう？　心配ですよ。山蔵《やまぞう》親分には相談しているんですよね？」

「もちろん相談したよ。この件について、八丁堀の旦那に話を回してくれるそうだ。もうこれ以上、怪我をする人が出なければいいね」

正宗がじたばたと暴れて、龍治の腕から抜け出した。綿のような毛がごっそりと抜けて、龍治の頰《ほお》にも髪にもくっつく。

くうん、と鼻を鳴らした正宗は、心之助の掌《てのひら》に頭をこすりつけた。心之助は正宗に笑みを向けると、白い小さな頭をぽんぽんと叩いてやった。

龍治は、体についた毛をはたいて落としながら、正宗に言った。

「心さんにあんまりくっつくなよ。本当はあちこち痛むのをこらえているんだからな」

正宗はお座りをして、行儀よく撫でられている。

心之助は目を伏せた。

「龍治さんには迷惑を掛けっぱなしだ。この間も、出掛ける約束を先延ばしにして、私の代わりに松井さまのところに行ってくれただろう？　お礼をさせてほしい」

「お礼なら、正宗が十分にしてくれてるよ。朝、目覚めたら隣にいるんだぜ。朝稽古のときは、寝ぼけまなこでついてきてくれる。かわいいよなあ」

「人懐《ひとなつ》っこいだろう？　それに賢い。ただ、番犬にはなりそうにないね」

「俺が正宗の用心棒になってやるから大丈夫だ」

自分の話をしていることが、正宗にもわかっているらしい。正宗は龍治と心之助の顔を交互に見上げて、嬉しそうに目を輝かせた。

龍治は言った。

「それに、出掛ける約束は、取りやめじゃなくて先延ばしにしただけだ。明日行ってくるよ。なあ、千紘さん」

「ええ。楽しみです」

心之助は目を丸くした。

「おや、二人で出掛ける約束だったのか。逢い引きかい？」

千紘は慌てて否定した。

「違います！　兄上さまも一緒だし、そもそも兄上さまの筆子の鞠千代《まりちよ》ちゃんの用事に、わたしたちがついていくんですから。変なことを言わないでください」

「変なことかなあ？　お似合いだと思うんだけど」

「か、軽々しく、そんな……はしたないですっ」

「ああ、すまないね。怒らせるつもりはないんだが」

心之助はにこにこしている。

千紘は頬が熱くなった。横目で様子をうかがうと、龍治はそっぽを向いていた。

二

二月ほど前、暑い盛りの虫干しのとき、三百石取りの旗本である乙黒《おとぐろ》家の蔵から見出されたのは、一振《ひとふり》の短刀だった。短刀の由来は、一家の当主にもわからなかった。

乙黒家の次男、神童と呼ばれるほどの才覚を見せる齢《よわい》八つの鞠千代は、勇実の手習所の筆子だ。五日に一度、麴町《こうじまち》の屋敷から駕籠《かご》に乗って通ってくる。

鞠千代は刀好きの龍治に短刀の目利きを頼んだ。龍治は、短刀の凄《すさ》まじいばかりの美しさに舌を巻いた。短刀の茎《なかご》には、表に「左《さ》」、裏に「筑州住《ちくしゅうずみ》」と銘《めい》が切られていた。左文字《さもんじ》の短刀といえば、もしも真作なら、大名道具級のとんでもない値打ち物である。

この「鞠千代左文字」がもとで、かどわかし騒ぎが起きてしまった。勇実と龍治と筆子たちが総出で当たって、かどわかしは事なきを得たものの、由来のわからない短刀の扱いに乙黒家はますます困惑している。

そこで、龍治が仲立ちをして、当代きっての名工として知られる刀鍛冶《かたなかじ》のもとを訪ねることとなった。短刀の真贋《しんがん》を確かめ、よりよい扱いについて助言をもらおうというのだ。

日本橋《にほんばし》橘町《たちばなちょう》の翰学堂《かんがくどう》の前が待ち合わせの場所だった。千紘と勇実と龍治は、店主の志兵衛《しへえ》と話をしながら、鞠千代とその兄、宗之進《そうのしん》の訪れを待った。

約束していた昼四つ（午前十時頃）に、乙黒家の兄弟はやって来た。

きちんとした旗本のお坊ちゃんが親に許しをもらってのお出掛けで、しかも値打ち物の短刀を帯びてもいる。おかげで、どちらの殿さまのおなりだろうかと人々が訝《いぶか》しむほど、付き人の数が多い。

十六の宗之進は苦笑してささやいた。

「鞠千代がかどわかされてからというもの、父がやたらと心配するんです。母のほうが呆《あき》れているくらいですよ。こんなにぞろぞろと大人数で押し掛けたのでは、先方も困られるでしょう？」

龍治が応じた。

「向こうは慣れているさ。何せ、大名屋敷だぜ」

行き先は、日本橋浜町《はまちょう》にある山形《やまがた》藩の中屋敷である。

山形藩の先代藩主、秋元永朝《あきもとながとも》に召し抱えられ、中屋敷に鍛冶場を与えられた刀工がいる。水心子正秀《すいしんしまさひで》といい、すでに七十を超えた翁《おきな》だが、隠居しつつも矍鑠《かくしやく》として、今でも浜町屋敷の鍛冶場によく顔を出しているらしい。

その水心子正秀の鍛冶場を訪ね、乙黒家から出てきた鞠千代左文字の見極めをしてもらおうというのだ。

鞠千代は翰学堂の書物に興味を示したが、後でまたここに寄ろうと宗之進に諭《さと》され、素直にうなずいた。

一行は通りを南下した。商家がひしめくにぎやかな一帯は、高砂橋《たかさごばし》のあたりから様相を変える。ここから先は、大きな武家屋敷が連《つら》なる街並みだ。門も垣根もどっしりとして厳《いか》めしいたたずまいである。

千紘は顔を伏せ気味にしながら、龍治の袖をつんと引いた。

「本当にわたしもついてきて大丈夫なんですよね？」

「ちゃんと許しをもらった。千紘さんが怖気《おじけ》づくなんて珍しいな」

「怖気づいているわけじゃありませんけど、女が行っていいものなんでしょうか？」

「浜町屋敷について言えば、禁じられちゃいない。水心子先生の孫娘も、確か書家なんだけど、よく出入りしてるみたいだし」

「でも、わたし、このあたりは、普段通り過ぎるときも苦手なんです。大名屋敷って、男の人ばかりが住んでいるんでしょう？　そのせいなのか、すれ違う人からも長屋の中からも、じろじろ見られてしまうんです」

大名屋敷の周囲には、垣根の代わりに、藩士を住まわせる長屋がぐるりと巡らせてある。腰高《こしだか》の格子《こうし》が通りに面しており、そこから表を眺める藩士が存外多いようだ。通りを歩く千紘は、ふとした弾みで、長屋の中の人と目が合ってしまう。

わざわざ江戸の女を品定めするために外を眺めているわけではあるまい。いっそのことあいさつを交わしてよいのなら、気が楽になるかもしれない。格子越しの目は、黙って引っ込んでしまうか、そのままじいっと見つめてくるかだ。怖いとまでは言わない。ただ、居心地が悪い。居たたまれない気持ちで、うつむいて通り過ぎるしかない。

龍治は千紘の肩をそっと押して、歩く位置を入れ替えた。龍治が千紘と長屋の間に入った格好だ。

「確かに、殿さまの参勤についてきて江戸屋敷の長屋に住んでいるのは男ばかりだと聞く。でも、その人たちもちゃんとした侍だよ。国許《くにもと》に妻子を残してきた人も少なくない。江戸の侍とは少し言葉が違うからといって、びくびくすることもないさ」

勇実もうなずいた。

「殿さまの住まいとなる上屋敷は格が違うが、今から向かうのは中屋敷だ。中屋敷や下屋敷なら、庭を披露するためだとか、芸事や学問の交わりの場として、許しを得た者に門戸を開いている藩も多い。礼儀正しく振る舞えば、怖いこともあるまい」

千紘は膨れた。

「だから、怖いわけではないんですってば」

龍治が千紘の肩のあたりをつついた。

「俺の陰に隠れながら、よく言うぜ」

「隠れてません。龍治さんが隣に来たんでしょう？　くっつかないでもらえます？」

千紘はつんとして、龍治から離れた。

ちょこまかと足を交わしてついてくる鞠千代が、傍《かたわ》らを歩く兄と顔を見合わせ、くすりと笑った。


門の表で一行を待っていたのは、江戸詰めの山形藩士で、名は三輪創平《みわそうへい》という男だった。龍治の友人だ。勇実も話だけはよく聞いている。創平は龍治と同い年の二十二で、侍鍛冶として修業中の身だという。

刀鍛冶は、重い鎚《つち》を振るう仕事だ。そのためだろう、創平は厚みのある体つきをしている。顔はむしろほっそりとして優しげな印象だ。

創平は龍治と気さくなあいさつを交わしてから、きちんと背筋を伸ばして勇実たちに向きなおった。

「ようこそおいでくださいました。藩のほうには話を通してあります。手形もこのとおりですから、ご心配なさらず。さあ、中へどうぞ」

門とはいっても、いわば勝手口だ。水心子正秀の鍛冶場は人の出入りが多いため、簡易に設けられたものらしい。

乙黒家の付き人たちは門のそばの小屋で待機することになった。鞠千代付きの小者《こもの》の小吉《しょうきち》が、大事そうに抱えていた小振りな刀箱を差し出した。

「行ってらっしゃいませ、坊ちゃま」

「ありがとう。しっかり話を聞いて、後で小吉にも教えてあげますね」

「はい、楽しみにしております」

鞠千代のあどけない笑顔を、小吉はまぶしそうに見つめて微笑《ほほえ》んだ。

鍛冶場と聞いて思い描いていたよりも、そこはずっと広々としていた。真ん中には、池を擁《よう》する庭がある。その庭を三棟《みむね》の建物が囲んでいる。

煮炊きをしているのか、火を使っている様子の細長い建物が一棟。同じような造りの、火の気配のない建物が一棟。もう一棟では講義がおこなわれているようで、朗々《ろうろう》とした声が聞こえてくる。

どの建物にも人の気配がある。金物《かなもの》を叩く甲高《かんだか》い音が聞こえてくる。庭を掃除する若者たちがいる。身なりのよい侍が、勇実たちと同じように、鍛冶場の案内を受けている。

創平は指差して説いた。

「炉で火を使っている物は、鍛刀場です。隣の建物は、刀の研《と》ぎ場《ば》と、刀装《とうそう》を作るための工房になっています。刀装というのは、鞘《さや》や鍔《つば》や柄《つか》など、刀が身にまとう装いのことですね。もう一棟の建物には、座して学ぶための部屋が設けられています」

創平の言葉に山形の訛《なま》りはない。父祖代々、江戸詰めなのだ。藩主が参勤でご府内に滞在する折の世話を務め、国許に戻れば江戸屋敷の留守を預かる。そういう家柄の藩士である。創平自身は山形の地を踏んだことはないという。

講義がおこなわれている建物は、書庫も兼ねている。勇実たちの一行は、その建物に案内された。空き部屋に通される。床の間には一振の刀が飾られていた。紙と墨と、少し古くなった書物の匂いがした。

創平は一行に告げた。

「私は刀鍛冶として未熟で、刀の真贋《しんがん》の見極めができるほどの目もまだありません。目利きは、私よりもっと信頼できる人にお願いしているので、しばらくお待ちくださいね」

勇実は、聞こえてくる講義に耳を傾けた。猿楽《さるがく》の『小鍛冶《こかじ》』の一節《ひとふし》を読み上げている。いにしえの世において刀剣がいかに力を持っていたかを語る一節だ。はるか海の果て、唐土《もろこし》に伝わる覇者の剣を数えるならば、まず、ただそこにあるだけで秦《しん》の民を治めた、漢《かん》の高祖《こうそ》の三尺の剣。それから、北方の騎馬の民を討った、隋《ずい》の煬帝《ようだい》のけいの剣。そして唐代、玄宗《げんそう》の病を祓《はら》った鐘馗《しようき》の剣。日本武尊《やまとたけるのみこと》が東《とう》本邦《ほんぽう》においても、むろん、剣はたいそう力を持つものだった。夷征伐《いせいばつ》に用いた草薙剣《くさなぎのつるぎ》は殊《こと》に有名である。

きびきびと語る声は耳に心地よい。

「講義をされているのは、水心子正秀先生ですか？」

勇実が問うと、創平は耳のそばに手を添えて声を聞く仕草をして、かぶりを振った。

「今日は二代目であられる水寒子貞秀《すいかんしさだひで》先生が講義をなさっているようです。水心子先生は鍛刀場におられることが多いですかね。あ、水心子先生は三年ほど前に号を天秀《あまひで》に改められたのですが、相変わらず皆、水心子正秀先生とお呼びしていますよ」

「なるほど。講義は幾人《いくにん》ほど聴いているのでしょう？」

「今日は三十名ほどでしょうかね。日ノ本《ひのもと》じゅうの刀鍛冶がここへ学びに来ているんです。名刀の産地として知られる尾州《びしゅう》や加州《かしゅう》、遠くは佐賀《さが》や熊本《くまもと》、薩摩《さつま》からも」

へえ、と勇実はあいづちを打った。気の利いたことを返せるほどには、勇実は近年の刀について詳しくない。父から与えられた自分の刀がどこの産なのかさえ、きちんと調べていない。

昔のことであれば、書物を通じていくらか知っている。五箇伝《ごかでん》と呼ばれる刀の名産地がある。大和《やまと》、山城《やましろ》、備前《びぜん》、相州《そうしゅう》、美濃《みの》の五つの地のことだ。

刀というものは、古くは大和に興《おこ》り、やがて都となった山城や、鉄の産地である備前でも盛んになった。源平合戦《げんぺいかっせん》を経て、鎌倉《かまくら》の地に幕府が興った頃から、相州でも名刀が打たれるようになった。美濃の刀が有名になったのは、もっと時代が下り、足利《あしかが》将軍の世になってからだ。

鞠千代は、うずうずした様子で創平に問うた。

「目利きの前にお尋ねしたいことがあるのです。わたくしは刀についてよく知りません。ですから、基本のところからお教え願いたいのです」

創平はにっこりして答えた。

「基本だったら、私でも教えてあげられそうですね。どこからお話ししましょうか」

　鞠千代は後生大事に抱えていた刀箱を机の上に置いた。

「我が家の蔵から出てきた刀です。茎の表には『左』、裏には『筑州住』という銘が切ってあります。この銘が本物なら、こちらの短刀は左文字という刀派の刀で大変な値打ち物だと、龍治先生がおっしゃいました」

「龍治さんから聞いていますよ。あなたが鞠千代さんですね」

「はい。申し遅れました。乙黒鞠千代と申します。このたびは、わたくしの家の刀のためにこのような場を設けていただき、ありがとう存じます」

　鞠千代と宗之進は、揃って頭を下げた。

　創平は慌てて手を振った。

「かしこまらないでください。家格《かかく》はあなたがたのほうがずっと上ですし、あの、水心子先生が気さくな人なので、この鍛冶場では身分の上も下もごちゃごちゃなんです。おかげで私も礼儀というものを忘れがちで、かえって申し訳ありません」

　宗之進が取り成した。

「では、水心子先生のやり方でまいりましょう。刀については、私も鞠千代もろくに知りません。刀にまつわる学びにおいては、末席の弟子として振る舞います。家格などと言いっこなしです」

改めて鞠千代が創平に尋ねた。

「左文字という刀派は昔、九州の筑前《ちくぜん》の西のほうにあったと聞いています。今はもう、そこで刀を打っている人々はいないのですよね？」

「残念ながら、左文字の技をじかに受け継いだ人々はいないようですね。左文字派が名刀を産していたのは、五百年近く前のことといわれています」

「短刀を打つのが得意な刀鍛冶だったと、龍治先生からうかがいました」

「そうです。左文字派の祖で、大左《おおさ》と呼ばれる刀工は、短刀の名手として知られているんですよ。太刀《たち》もいくらか残っていますがね。大左は、それまでの九州の刀から一転して、明るい刀を打つようになったんですよ」

「明るいというのは、どういうことですか？」

「刀身《とうしん》の色味や気配が、こう、明るいんです。ええと、例えば、刀は、刃のほうが白い帯のようになっていますよね。その白い帯が細くてまっすぐなのと比べると、広くて波打った形のもののほうが派手な感じがするのはわかります？」

創平は、壁に据えつけられた棚から一冊の本を出してきて、机の上に広げた。

本に綴《と》じられているのは、刀の姿を写し取った絵だ。砂粒のように細かな筆遣いで、刃文《はもん》と地鉄《じがね》のかすかな模様まで描き込まれている。

龍治が言った。

「押形《おしがた》っていうんだ。刀の上に紙を押し当てて、石華墨《せっかぼく》と細い筆を使って、刀をそっくりそのまま写し描きする。この絵のもとになった短刀は、左文字を模《も》して打たれた短刀だって書いてあるな」

創平が次の一枚をめくる。

「こちらは、藤四郎《とうしろう》の短刀の写しだ。藤四郎吉光《よしみつ》も短刀の名手として知られている。でも、左文字とは、刀が持つ気配が違うだろう？　藤四郎は細身ですらりとして、刃文は細直刃《ほそすぐは》、つまり幅が細くてまっすぐな刃文を持つのが特徴なんだ」

「左文字の写しのほうが身幅が広くて、刃文の焼き幅も広い。そのぶん、刃に浮かび上がる模様、乱れっていうんだが、その様子がよく見えて、華やかで明るい感じがする」

「どちらが好みかは、人それぞれだけどね」

龍治と創平は口々に言《い》い募《つの》った。

勇実は二枚の絵を見比べながら、へえ、と声を漏らすばかりだ。

刀身のうち、刃のほうの白くなったところの全体を刃文と呼ぶむきがあるが、より正しくは、白いところの内側の、地鉄との境目ににじむように浮かび上がる模様こそが、刃文である。焼き入れの仕方によっては、地鉄の中や刀身全体に刃文が見られる刀も生まれうる。

刃文の細かな模様まで見るためには、光の当て方を工夫したり目を刃に近づけたりしなければならない。刀の鑑賞のやり方を知らなければ、せっかくの見どころを逃してしまう。

押形には、初めから刃文が抜き出して描かれている。初めて刀を鑑賞する者にとっては、これが案内の役を果たすのだ。

千紘はすっかり感心して押形に見入っている。

「目が肥えた人には、刀ってこんなふうに見えているのですね。のっぺりとした鉄のかたまりなんかではないんだわ」

創平は、少しはにかんだ様子で、左文字の写しの押形を指差した。

「見方さえ知っていれば、さほど目が肥えていなくても、よい刀の美しさを見出すことができますよ。刃文のほうだけじゃなく、棟《むね》の青みがかったところも、よく見たらきれいなんですから」

「地鉄ですよね？」

「そう、地鉄です。ああ、何だ。おなごとはいえ、まるで知らないわけではないんですね。これは失礼しました」

「いえ、龍治さんにちょっとだけ教わったんです。名工が打った刀なら、地鉄も砂金を散らしたようにきらきらしているんだって」

「そうです、そうです。それに、産地によって、地鉄の色味も違っているんですよ。京で打たれた藤四郎は、地鉄が澄んでいるといわれます。筑州の左文字は青くて明るい。その色の秘密は、正宗や貞宗《さだむね》と同じ相州の鍛冶の技によると考えられています。大左は相州伝に学んだんですよ」

「お料理もその土地ごとの味があると聞くけれど、刀もそうなんですね。何だかおもしろい。それに、こうして見比べてお話を聞くと、同じ短刀と言っても、藤四郎と左文字ではずいぶん違うことがよくわかります」

千紘は何にでも興味を示すし、物事の呑み込みも早い。創平は、勢いづいて前のめりになった。

「短刀の見どころは、まさにそこだと思うんです。これはあくまで私の考えなんですがね。刃の長さが一尺に満たない刀のことを短刀と呼ぶんですが、そうすると、一尺ぎりぎりで身幅の広いものから、掌に納まりそうなほど小さく細いものまで、いろいろあるんです」

龍治が横から割って入った。

「包丁に似た身幅と形をしているから、包丁って号がついたものもある。細くて身が厚い、鎧通《よろいどお》しって呼ばれる形のものもある。本当にいろんな形があるから、自分の好みにしっくりくる短刀に出会うと、こう、体にびびっと震えが走るんだ」

「雷に打たれたような心地になるよな」

「心の臓がどきどきして、絶対こいつを自分のものにしたいって思うんだよ。見事な刀を見れば、きれいだな、すげえなって感じ入るもんだけど、桁違《けたちが》いに好みの刀ってもんがあってさ」

「龍治さんの左文字もどきは、そうやって手に入れたんだっけ。矢も楯もたまらず、どうしてもこの短刀がほしい、と。けっこう値が張ったろう?」

「左文字もどきって言うな。贋作《がんさく》みたいじゃねえか。影左《かげさ》とでも呼んでくれよ。左文字の影打ちかもしれないって、創さんも言ったろ?」

宗之進がくすりと笑った。

「お二人とも、まるで一目惚れの恋の話をしているかのようですね」

勇実もまったく同じことを感じていた。龍治も創平も目を輝かせ、頬をかすかに上気させている。声の調子もどこか上ずって、いかにも楽しそうだ。

創平は、千紘がうなずくのを見て、気恥ずかしそうに頭を掻いた。

龍治はぽんと手を打った。

「なるほど。そうか、恋に落ちるっていうのは、こういうことか。確かに、落ちるってのが正しいや。這い上がる術《すべ》もわからないまま、居ても立っても居られなくなるんだ」

鞠千代はきょとんと首をかしげた。

「龍治先生は、そういう気持ちになったことがないのですか？」

「うーん、どうだろう。いや、影左のときは確かに、落ちた、と自分でも感じたんだが」

「わたくしが龍治先生にお尋ねしてみたいのは、刀のほうではなく、恋のほうのお話です。落ちた、とは感じなかったのですか？」

「え、いや、落ちたというか、気づいたというか、まあ何だ、ええと……あー、鞠千代はどうなんだ？　一目惚れしたことって、あるか？」

「ありますよ」

齢八つとしても体が小さく幼げな鞠千代が当たり前のように言ったので、皆、えっと声を上げてのけぞった。

ちょうどそのとき、廊下を渡ってくる足音が聞こえた。

「おお、待たせてしまったようだな」

年老いてはいるが、張りのある男の声だ。

部屋に入ってきた老人の姿を一目見るなり、龍治と創平が勢いよく立ち上がり、背筋を伸ばした。

創平は慌てた様子で、その老人の名を呼んだ。

「水心子先生！　まさか先生ご自身がいらっしゃるとは！」

三

水心子正秀の名は、勇実もいつの頃からか知っていた。ただ刀を打つだけの刀鍛冶ではない。刀の歴史を調べて書物に著《あらわ》し、刀というものの持つ意味を世に明らかにしている。その学者のようなあり方に興味を惹かれた。

真っ白な総髪《そうはつ》はきっちりとまとめられている。背筋がいくらか前屈みに曲がっているのは、老いのためではなく、職人仕事の賜物《たまもの》だろう。節の目立つ手は肉が厚い。皺が目立ってはいるが肌艶《はだつや》がよく、健やかさが見て取れた。

その目に宿る深い輝きが、勇実をはっとさせた。亡父、源三郎のまなざしに似ている

学びを生きる道とした者の目、と言おうか。熾火《おきび》のように静かだが、派手に燃える炎よりもずっと熱い。そんなまなざしである。

水心子はゆったりと一同を見回すと、刀箱のそばに立つ鞠千代に目を留めた。

「あなたが、その短刀のためにかどわかしに遭ってしまったという神童どのかな？」

「神童とは畏《おそ》れ多《おお》いおっしゃりようですが、わたくしが、龍治先生を通じて短刀の目利きをお願いした乙黒鞠千代です。こちらが兄の宗之進でございます」

宗之進は鞠千代の目配せを受け、一歩前に出て声を上げた。

「乙黒宗之進と申します。このたびはよろしくお願いします。この短刀は、我が家の蔵から出てまいりました。由来はしかとわからぬのですが、系図をたどれば、我が家は長篠《ながしの》の合戦《かっせん》の折に勲《くん》を立て、そこから出世を重ね、後に旗本として取り立てられたと聞いています」

水心子はうなずいた。

「由緒《ゆいしょ》正しき家柄なのだな。であれば、戦の世の頃に、何かのきっかけで名刀を賜《たまわ》っておってもおかしくない。今の世では大名道具となったような名刀も、混沌《こんとん》とした世の頃にはいろいろあったと聞いておる」

「その真贋を見極めていただきたく思います。もし贋作であったとしても、かまいません。我が家の重宝《ちょうほう》として扱います。先祖がとても大切にしていた刀であることが、何となく感じられるのです。粗末になどいたしません」

宗之進は刀箱を水心子に差し出した。

刀箱そのものも美しい。蒔絵《まきえ》で秋の山の景色が描かれている。飛ぶ鳥や這う蔦《つた》が細かに表されており、どことなく愛らしい。

水心子が刀箱の蓋《ふた》を開けた。

敷き込まれた布の上に白鞘《しらざや》の短刀が収められていた。鞘書《さやがき》には、筑州左文字とある。

水心子と創平の様子は、二月ほど前にその短刀を抜いたときの龍治の様子と、よく似ていた。白鞘から短刀を抜くと、おのずから輝かんばかりの刀身に、はっと息を呑む。身を乗り出す。

「おお、これは美しい。実に見事だ」

水心子がささやいた。

顔つきが変わった、と勇実は見て取った。水心子の目は、きらきらとも爛々《らんらん》とも言えそうなほどに輝いている。

唾を飛ばさぬように手ぬぐいで口元を覆《おお》いながら、水心子は顔を短刀に近づけた。短刀を寝かせた格好で、茎のほうからのぞき見るように、刃文に目を凝《こ》らす。

水心子は茎の銘を見るより先に、ただ刀身のほうを調べているのだ。

龍治は勇実に耳打ちした。

「刀の姿をじっくりと見れば、銘を隠されても、それを打った刀工の名を正しく当てられるもんなんだ」

「何だか香道のようだな。香の匂いを聞いて、その香りによってどんな詩歌や古典が表されるかを見極める芸道らしいが」

「ああ、似ているかもしれないな。さっき創さんが説いてくれたように、刃文の癖や地鉄の色味、そして姿かたちの特徴から、目利きは刀の正体を言い当てるんだ」

「龍治さんもわかるのか？」

「あんまり。俺はちょいと好きな程度だって言っただろ。きれいな刀を見ると嬉しくなるのと、刀にまつわる歴史や逸話を知ることが好きなだけの素人だ。刀鍛冶になれるような才はまったくないみたいで、なかなか目が肥えないんだよな」

水心子はいつしか頰を赤らめていた。

「これは、まことに見事な短刀だ。本当に大左かもしれんぞ。つまり、左文字派の祖、左文字源慶《げんけい》の真作かもしれん。いや、何と、左文字の真作は儂《わし》もあまり見たことがない。何と明るく可憐な、愛らしい姿をしていることか！」

先ほど龍治と創平が、まるで一目惚れの恋を語るかのように、刀のことを語った。そのときの二人と同じ顔を、今の水心子はしている。

もはや七十を超えた翁には見えなかった。子供のような無邪気さが水心子の全身に満ちている。手にしているものが貴重な短刀でないのなら、はしゃいで飛び上がってしまいそうだ。

その様子もまた父に似ていると、勇実は思った。思い出した、というのが正しい。

源三郎は文章を読むのが好きだった。筆子が綴《つづ》ったたどたどしい文章をとりわけ好んでいた。大人が見失ってしまった、みずみずしい心が、拙《つたな》い字によって表されされる。これはよい文章だと声を上げるとき、源三郎の目は、子供のように見えるほどうきうきと輝いていた。

水心子は創平に命じた。

「書庫から押形を取ってきなさい。左文字の短刀の中でも、じゅらくと号されたものがある。その押形が見たい」

「じゅらくですね。存じております。豊太閤《ほうたいこう》がそう号し、後に権現《ごんげん》さまがお持ちになっていたこともあるという、大左の短刀ですよね」

「そうだ。あれの押形の写しを一部、本阿弥《ほんあみ》家から譲ってもらっていた。持ってきておくれ。きっとこの短刀と似ているはずなのだ」

「本阿弥家からのいただきものでしたら、書庫の西の棚でしたか。取ってまいります」

創平は素早く身を翻《ひるがえ》し、部屋を出ていった。

鞠千代はぽかんとしている。

「豊太閤に、権現さまとおっしゃいましたか？」

水心子の口から出たのは、二人の天下人の名である。織田信長亡き後、日ノ本を手中に収めた豊臣秀吉。そして、秀吉亡き後、江戸に幕府を建てて太平の世の礎《いしずえ》を築いた徳川家康。

あまりに有名な二人が、じゅらくという名の左文字の短刀を手にしていたというのだ。しかも、その短刀が、乙黒家の蔵から出てきた短刀に似ているという。

水心子は短刀を手に、鞠千代の傍らにしゃがんだ。鞠千代の肩を抱き寄せ、頬と頬をくっつけるようにして目の高さを揃え、短刀の刃文を光に透かしながら、茎のほうから見る。

「鞠千代どの、ご覧。白々《しらじら》と明るい刃文は、ただ緩やかに波打っているだけではない。波の内側に、碁石《ごいし》を並べたような、秩序ある丸い輝きが連なっているだろう?」

「はい、そのように見えます」

「この刃文の姿が、豊太閤が愛したという一振、じゅらくの号を持つ左文字に似ておるのだ。いや、儂はその宝刀をこの目で見たことはないのだが、押形を見て憧れ、きっとこのようであろうと思い描いてきた姿と、まさにそっくりでのう」

「よい刀だと思われますか?」

「もちろんだとも。この短刀は、必ず大切になさい。一千年先まで輝き続ける宝であるよ」

鞠千代は大きな目をいっそうきらきらさせて、短刀に見入った。

勇実たちは皆、一人ずつ、水心子が教えてくれるやり方で、鞠千代左文字の刃文を眺めた。

一巡したところで、水心子の講義が始まった。

「儂は古刀をもっぱら調べているのだ。なぜなら、今の世の刀をより優れたものにするためには、歴史の流れの中で失われてしまった技をよみがえらせねばならん。なぜいにしえの技が失われたか？」

水心子はぐるりと一同を見やった。

勇実が答えた。

「太平の世になったから、でしょうか」

「しかり。昔、戦の世であった頃、刀は丈夫で、よく切れるものでなくてはならなかった。実用の武具として、刀はあったのだ。しかし、権現さま以来の太平の世においては、刀は意味を変えてきた。わかるね？」

宗之進がまじめな目をして答えた。

「刀は、侍の儀礼において欠かせないものです。抜き放って人を切るためのものではないと、私は常々、剣術の師に言いつけられています」

水心子はうなずき、龍治の傍らの木刀を指差した。

「まさしく、そのとおりだ。ゆえにこそ矢島流では、人を斬らぬことの証《あかし》として、木刀を身に帯びることとさえする」

「儀礼の刀の扱い方や真剣の使い方だって教えますよ。侍が刀の抜き方ひとつ知らないんじゃ、いざってときに心許《こころもと》ないでしょう？」

龍治は口を差し挟んだ。わかっているよ、と水心子はうなずいて続けた。

「いずれにしても、この世から戦がなくなったことで、刀が本当に切れる武具である必要はなくなり、刀を打つ技も失われていった。儂が刀鍛冶になった五十年余り前は、ひどいものだったぞ。刀の形を模した、なまくらの鉄の棒ばかりだった。ちょっと振るうだけで折れる。しかも重い。美しくもなかった」

押形を持って戻ってきた創平が、口を添えた。

「金物は、ただ硬いだけでは折れるんですよね。でも、柔らかければ曲がってしまう。刀は、折れないだけの柔らかさと、曲がらないだけの硬さを備えていなければならない。八百年前の古刀が今でも美しいまま残っていますが、それは技を究《きわ》めていたからでした」

「柔らかい心鉄《しんがね》を、硬い皮鉄《かわがね》で包むというやり方で、折れず曲がらずの刀が生まれるのだ。ただ、その前にだな、よりよい鋼《はがね》を見極めねばならぬ。鋼は鉄と炭から成るのだが、その割合を誤ってはならんのだ」

水心子は懐から小石のようなものを取り出した。ごつごつとして黒っぽく、あちこちにきらきらしたものが埋まっている。

龍治が答えを出した。

「玉鋼《たまはがね》だ。それを熱して叩いて形を整えて、刀にしていくんでしょう？」

「そのとおり。玉鋼とは、主に鉄と炭の合わさったかたまりだが、それ以外の金物やごみも混じっている。これを炉《ろ》にくべ、熔《と》けぬぎりぎりのところまで熱し、赤くなったところを鎚で打つ」

水心子は耳を澄ます仕草をした。

そうするまでもなく、鍛冶場のほうから、かん、かんと甲高い音が絶えず聞こえている。

千紘が問うた。

「これが鋼を打つ音なのですね？」

「そう。金床《かなどこ》という鉄の台の上で、熱した鋼を打つ。それも金物でできた鎚を使ってだ。あの甲高い音は、金物がぶつかり合う音なのだよ」

仕草を交えて説いてから、水心子は付け加えた。

「鍛冶場の作業を見せながら話をするのがよいのだが、今日はできぬと判じた。若く愛らしい娘御《むすめご》がいるとあっては、鍛冶場の女神が嫉妬するのでな。金屋子金屋子《かなやご》神《がみ》といって、なかなか手厳しい女神なのだ」

まあ、と千紘は膨れっ面になった。

「女は立ち入ってはならないのですね。そういうことってよくあるけれど、何度そういう目に遭っても、もやもやしてしまいます」

水心子は眉尻を下げて笑った。

「儂の孫娘と同じことを言うのじゃな。女神の嫉妬というのは建前だ。許してくれ。儂の本心は別のところにある。お嬢さん、あんたと、鞠千代どの。お二人を鍛冶場に連れていくのは危ういのだ。儂の腕を見てごらん。創平の腕もだ」

差し出された二人の腕には、点々とやけどの痕《あと》が散っている。時が経って白くなったものから、みずぶくれが破れたばかりの赤いものまで、さまざまだ。

水心子は己《おのれ》の頰を指差した。そこにもまた、古いやけどの痕がある。

「熱した玉鋼を打てば、燃える火の粉《ひこ》が飛び散る。それは、玉鋼に混じった塵《ちり》だ。桃色や橙色、時には青っぽい火の粉もある。美しく燃える塵を、叩いて弾き出す。鍛錬《たんれん》とはそのための仕事でもある。ゆえに鍛冶場はどうしても危うい。わかるであろう？」

「そばで見ているだけでも、やけどをしてしまうかもしれないのですね」

「そうとも。若いお嬢さんの肌を焼いてしまうことも、幼い男の子の目を傷《いた》めるかもしれんことも、儂には恐ろしい。刀を知りたい、刀について学びたいと心に決めた男が自らの責で傷を負うのなら、致し方ないと割り切れるがな」

千紘と鞠千代は顔を見合わせた。千紘はしゅんとして言った。

「ごめんなさい。生意気なことを申しました。おっしゃるとおり、火を使うお仕事ですもの。何も知らない素人が近寄るのは、危ういことですよね」

「わかってくれてありがとう。しかし、お嬢さんは刀を恐れず、美しいと言ってくれた。その心は、儂にはとても嬉しいのだよ」

千紘は俄然《がぜん》、目を輝かせた。

「だって、美しいのですもの！　こんなにきらきらしたもの、簪《かんざし》や着物にだって、そうそうないわ。すてきだと思います」

水心子は鼻をぴくぴくさせると、床の間に飾られた刀を取ってきた。鞘に包まれたその刀は、ずいぶんと長い。そのぶん重いに違いないが、水心子の老いた手は軽々と刀を持っている。

「これは私が打った刀だ。古備前《こびぜん》、つまり大昔の備前で打たれた刀を模して打ったのだが、ご覧。今の刀よりも長いだろう?」

「そうですね。兄上さまたちが使っているのは、刃の長さが二尺二寸ほどですもの。それより一尺近く長いのではありませんか?」

「昔の太刀は、今のものと比べると、長いものが多かったといわれている。誰もが太刀を持つことができたわけではない。太刀は特別な宝でもあり、貴《とうと》い人の証でもあった」

水心子は千紘や鞠千代を十分に遠ざけると、太刀を鞘から抜き放った。

長いぶんだけ身幅も広い。しなやかな印象を受けるのは、反りが強い形のためだろう。鋒《きっさき》に近づくほど、すんなりと細くなっている。

水心子は机の上に抜き身の太刀を置き、千紘と鞠千代を手招きした。

「おさらいだよ。この刃文をご覧。焼き幅を広くとった中に、碁石を並べたような形のきらめきが連なっている。ときどき、小さな丁子《ちょうじ》を並べたような形の刃文も見えるね。地鉄は鏡のように澄んで、白々とした刃文が映り込んでいる」

鞠千代は目を丸くしている。

「すごい……短刀よりも長いから、きらきらがどこまでも続いていくみたいです。きれいで、迫力がありますね」

千紘の目には太刀の輝きが映り込んでいる。こんなに熱心に刀を見るものなのか、と勇実はいくぶん驚いた。龍治の顔をうかがうと、嬉しそうに顔じゅうで笑っている。

「どうしたんだ？」

龍治は勇実に耳打ちした。

「千紘さんが刀を熱心に見てくれるのが嬉しくてさ。だって、俺も刀が好きで、同じものを同じように好きだと思えるってのは、うまく言えないけど、最高だな。嬉しくて、ついにやにやしちまう」

勇実の脳裏に菊香の姿が浮かんだ。菊香が勇実の筆子たちに向けるまなざしは、とても優しい。筆子たちへの細やかな心遣いには感謝が尽きない。

「そうだな。嬉しいよな」

勇実は龍治に同意した。

水心子は指差しながら、千紘と鞠千代と宗之進に教えている。

「今の刀と昔の太刀の姿は、反りの違いにも現れている。特に古い時代の太刀は腰反りといって、手元でぐんと反っている。今の刀は、ここまでの反りを持つものは少ない。なぜなら、反った刀は切るのに適しているが、突くのはさほどではない。今の剣術は、突きの技も豊富だろう？」

「どちらが先なのですか？　剣術が変わったことと、刀の形が変わったことと」

「よい質問だね、鞠千代どの。うん、難しいところだが、両方の兼ね合いだと儂は思う。昔の太刀は、腰に吊るすものだった。佩《は》くという形だね。刃のほうを下にして、帯に吊る。今は逆だね」

「はい。刃を上にした格好で、帯に差します」

「太刀を佩くのは、馬に乗る侍大将だった。馬上から振るうための太刀だから、長いものも多かった。時代が下ると、馬に乗らない徒侍《かちざむらい》も腰に刀を差すようになった。すると、短くて持ち回りやすい刀が好まれるようになってくる。その流れの末に、今の世では、太刀よりも短くて反りの浅い刀が多いというわけだ」

でも、と千紘はちょっと生意気な口を利いた。

「わたし、この古い太刀の姿こそが美しいと思います。力強くて優雅だもの。今の刀と見比べると、古いものは白鷺《しらさぎ》か鶴で、今のものは烏《からす》か鴨《かも》みたい」

水心子は大笑いした。

「おもしろい。それはいい譬《たと》えだ。烏も鴨も愛らしくはあるがな。うむ、儂も昔の太刀の美しさが大好きだ。それゆえ、いにしえの鍛冶の技をよみがえらせ、後の世に伝えねばと思ったのだ。そうでなくては、このような鍛冶場を開いて弟子を受け入れようとはするまいよ」

宗之進が問うた。

「そのことが不思議だったのです。どのような技の道であれ、奥義《おうぎ》については門を閉ざすものでしょう。優れた技であればあるほど、そうでしょう。ところが、水心子先生は、技のすべてを日ノ本じゅうの誰にでも教えてしまわれる。なぜなのです？」

「今言うたとおりだ。門を閉ざして何になる？　むろん儂とて、ちと悔しくはある。儂が苦労してよみがえらせ、この頭で考え抜いた鍛刀の技を、後の者たちはたやすく知ることができる。ああ、歯噛みしたくなることがあるとも。だが、そんな悩みなど小さい」

「小さい、ですか？」

「芥子粒《けしつぶ》よりも小さい。考えてごらん。よりよく打たれた刀は、数百年の時を生きる。一千年を超えてなお、美しいままでいられるやもしれん。それほど長い長い時を経ていくものたちを前に、たかが数十年で消えゆく人の意地など、何になろう？　儂は、己ひとりの中に技を秘するより、この技が生きて、はるか末の世にまで残っていくことのほうが、ずっと貴いと思うのだ」

勇実は感嘆の息をついた。

歴史を学ぶことを、勇実は生き甲斐としている。一人の人の小さな一生に尊さを覚える一方、儚く短い一生の間に意地を張り続ける愚かさを悲しく感じることもある。

水心子正秀という人は、刀を愛する心を通して、一人の一生という小さな尺度を越えてしまったのだ。

勇実は頭《こうべ》を垂れた。

「素晴らしいことです。私は胸を打たれました。水心子先生の、刀というものを後の世に伝えたいという望みは、きっと叶い、果たされることでしょう。後の世の人々も、刀の美しさと水心子先生の望みの貴さに、胸を打たれることでしょう」

水心子はくすぐったそうに首をすくめた。

「なに、儂が明らかにできたことなど、実は大したこともない。鋼とは鉄と炭を合わせた金物で、どんな塩梅で合わせれば理想の刀となるか、儂は調べた。だが、なぜそれが理想であるのか、そのあたりの論を突き詰めるには至らなんだ。それはきっと、後の世の者たちの仕事なのだよ。こうした学びは、積み重ねがあってこそなのだ」

水心子は滔々《とうとう》と語る。

蘭学《らんがく》に長じた弟子が言うには、この世にあるものはすべて、目に見えぬほどのかすかな粒が組み合わさってできているという。

ならば、刀を成り立たせる鉄と炭のかすかな粒は、どのように結びつき、組み合わさっているのだろうか。それを何らかの方法で見ることができるのなら、理想の刀のあり方を、より確かに知ることができるのではないか。

学びにかける熱に打たれながら、勇実は、ほうと息をついた。

「後の世に技をつなげる。学びを積み上げる。その礎となることは、学者の望みであり誇りでもあるのだろう」

自分の望みは何だっただろうか、と勇実は思った。何かあったはずだ。言葉にしてみたことはないかもしれないが、空っぽではなかったはずだ。

四

思いがけず長居をしている。

「せっかくなら、茶でもどうじゃ？」

水心子もすっかり千紘や鞠千代を気に入ったようだ。片や女で、片や旗本の御《おん》曹司《ぞうし》であるから、弟子に取ることはかなわない。だからこそ、この一日の出会いを楽しみたいのかもしれない。

創平が茶の用意をしに行き、水心子もまた別の弟子に呼ばれ、少しの間だけと断って部屋を離れた。

千紘と鞠千代は、鞘に納められて床の間に戻った例の太刀のところで、あれこれ語り合っている。

古備前の刀が生まれたのは、京の都で平家が権勢を築いてから、やがて源氏に敗れ、鎌倉に幕府が建って、蒙古《もうこ》の船が襲来する頃までの時代だという。千紘と鞠千代の話題は、その時代を舞台にした軍記物語の、刀が出てくる名場面についてだ。

勇実は、何か不足があれば話を補ってやろうと耳を傾けていたが、そんな必要もない。二人とも、なかなかよく知っている。龍治と宗之進もまた、千紘と鞠千代の楽しそうな様子に目を細めていた。

嫌な感じの声が聞こえてきたのは唐突のことだ。

「声がうるさいぞ。まったく、女子供に刀の何がわかるというのだ」

部屋の戸口に、着飾った侍が立っていた。年の頃は、勇実より少し上といったところか。狐のお面のように目が吊り上がっている。暑いわけでもあるまいが、金箔の張られた扇子《せんす》をひらひらさせている。

千紘は眉を逆立てた。

「確かにわたし、今日初めて刀のことを教わりましたけれど、とても美しいと感じます。刀にまつわる歴史もおもしろいと思いました。それを言葉にして、何かおかしいでしょうか？」

狐顔の侍は鼻で笑った。

「おかしいというより、失礼だろう。ものをわかっておらんくせに、おいそれと口を開くなよ。この鍛冶場には本物の目利きが揃っているのだ。無知で、しかも女の身で、恥ずかしいと思わないのか？」

「無知だからこそ、知りたいと思いました。女だったら、刀の美しさを語ってはならないの？　そんな決まり事、水心子先生はおっしゃいませんでした。誰が見たって、美しいものは美しいんだから、そう言葉にしていいはずです」

怯むことなく言い返した千紘に、侍は舌打ちをした。

「生意気だぞ。女のくせに」

「女のくせにとしか言えないのかしら。男であることをわざわざ言い立てて威張るしかできないなんて、かわいそうな人」

侍が顔色を変えた。

「何だと？　俺を侮辱《ぶじょく》するのか？」

「あなたが先にわたしと鞠千代ちゃんを侮辱したでしょう！」

侍は扇子を打ち振るった。戸口の鴨居に当たって、びしりと音を立てる。その扇子を帯に手挟《たばさ》むと、侍は刀の柄《つか》に手を掛けた。

「黙れ！　俺を誰だと思ってるんだ。今すぐ手打ちにしてくれる！　そこへ直れ！」

侍の手に力がこもる。

勇実と龍治はとっさに身構えた。

そこまでだった。

「お客人、今すぐ帰ってもらおうか」

びしりと言い放つ声は、水心子のものだった。水心子の傍らには創平と、四十絡みの強面《こわもて》の男がいる。男はがっしりとした体つきで、いかにも力が強そうだ。

創平がすかさず進み出て、侍の腕をひねり上げた。

身動きを封じられながら、侍は狐顔に愕然とした表情を浮かべた。

「水心子正秀に、大慶直胤《たいけいなおたね》……」

龍治が目を丸くした。

「大慶直胤先生だって？　江戸に来ておられたのか」

「有名な先生か？」

「水心子先生の門下で最高の技を持つ天才だ」

小声のやり取りは、当の本人たちにも聞こえているに違いない。が、大慶は気に留めるふうでもなく、低く太い声で狐顔の侍に説いた。

「刀のことを何ひとつ知らずとも、美しいと言ってくれるのであれば、儂は嬉しい。男であれ女であれ、子供であれ老人であれ、あるいは異人であってもかまわん。揺るぎなきこととして、刀は確かに美しいのだ。違うか？」

「え、いえ、私が申したのは、その……しかし、刀を使いうるのは、男で、侍で……」

「さよう、道具としての刀は、特に稽古した者でなければ扱いきれぬ。が、今しがた論じておったのは、刀の持つ美しさや、刀にまつわる物語が心を打つか否《いな》かということであろう？　それが女子供には許されぬものと、おぬしはなぜ思った？」

名工に詰め寄られた侍は、口をぱくぱくさせるばかりだ。

水心子は、どこか悲しげな顔をした。

「出ていってもらおう。刀をあがなうだけならば、我が工房に足を運ぶ必要もない。よそへ行ってくれ。残念ながら、あなたとは話が合わぬようだからな」

創平は水心子の合図を受けると、呆然とした侍を引きずるようにして連れていった。

大慶は、思いがけないほど柔らかく、千紘に微笑みかけた。

「水心子先生から話を聞いた。剣術を知らぬ若いおなごの身では、刃物を間近に見せられて恐ろしい思いをするのではと、私はつい考えてしまったが、おぬしは刀を好いてくれたそうだな。嬉しいことだ」

千紘はとびっきりの笑顔になった。武蔵坊弁慶《むさしぼうべんけい》が好きと公言する千紘にとって、厳《いか》つい体軀《たいく》の大慶は好ましいに違いない。

「刀が恐ろしいだなんて、今日はちっとも思いませんでした。刀を向けられて恐ろしい思いをしたことはありますけれど、そのときだって、恐ろしさよりも怒りが強かったし。わたし、刀って好きです。自分では持っていないのが惜しいくらい」

水心子は首をかしげた。

「おや、武家の娘御であれば、守り刀の一つくらい持っているかと思ったが。母君から聞いておらんかの？」

千紘は思いを巡らせる顔をして、ぽんと手を打った。

「そうだわ、母上さまの形見。ええ、わたしも持っているはずです。ただ、物心つくよりも前に母は他界してしまったので、わたしが母の御守刀《おまもりがたな》を受け継ぐのは早すぎると父が考えたようなのです。それで、おばさまに預けたっきりになっているはずなんですけれど」

おばさまと言いながら、千紘は龍治のほうを振り向いた。

龍治は目をぱちくりさせた。

「俺のおふくろが預かってるって？」

「ええ。いつかふさわしいときが来るまで、という約束で」

水心子が早合点《はやがてん》した様子でにこにこした。

「では、まもなくその形見の守り刀とも再会できそうだな。許婚《いいなずけ》の母君とも仲が良いとは、幸せなことだ」

千紘と龍治がほとんど同時に大声を上げた。

「い、許婚なんかじゃありませんから！」

「うちのおふくろは千紘さんの育ての親みたいなもんですよ！」

真っ赤になってそっぽを向き合う二人に、勇実は居たたまれない心地になった。鞠千代と目が合う。

鞠千代はにっこりした。

「結納のときも晴れ着を身につけるのですよ。そのとき、武家のおなごは御守刀を身に帯びるものだそうです。わたくしの許婚が、そう教えてくれました」

「許婚？」

勇実は思わず訊き返した。鞠千代はうなずいた。

「はい。先日初めてお会いしましたが、とても愛らしいかたで、心にびりりと震えが走ったのです。一目惚れというのですよね？」

小さな鞠千代が堂々と言うので、勇実は声を失った。千紘は口元を手で覆い、龍治は目を剝いている。

宗之進がくすくす楽しそうに笑った。

「鞠千代がいちばん男前かもしれませんね。私も許婚とはろくに話ができずにいますから、見習わなくては」

龍治がごまかし笑いを浮かべた。

「その、鞠千代の話を、じっくり聞かせてもらおうじゃないか。な？」

自分の話をうやむやにしてしまいたいらしい。それはそれで、勇実は複雑な気持ちになる。

去年のこの時季、勇実は図らずも、龍治の本心を知ってしまった。龍治は千紘に色恋の情を抱いている。今年に入ってすぐの頃は、千紘に想いを告げようと躍《やっ》起《き》になっていた。

しかし、このところ、龍治のそうした様子が見られなくなっている。まさか千紘に振られたわけではあるまいが、何だかおかしい。

龍治は勇実と目が合うと、合わなかったかのようなそぶりで、すっとそらしてしまった。

創平が戻ってきた。

「先ほどのお客さん、ちゃんとお帰りいただきましたよ。さて、茶の支度が途中だったんですよね。今すぐ淹《い》れてきます」

千紘が創平に声を掛けた。

「よかったら、わたしがお手伝いしましょうか？」

「あっ、そんな。お客さまに手伝わせるなんて」

「いいんです。じっとしているより、働くほうが好きですから」

「そうですか？　では、お願いします。大慶先生も、お茶、召し上がりますか？」

もらおうかな、と大慶は答えた。千紘は張り切って、腕まくりの仕草をしてみせる。創平と共に、千紘は部屋を出ていった。

何となく沈黙が落ちた。そのぶん、外から音や声が聞こえてくる。

相鎚の音。鍛冶場で働く刀工たちの声。講義や議論の声。幾人かが庭を歩く足音。そろそろ昼餉《ひるげ》だと語らう、訛り交じりの会話。

勇実は古備前の写しの太刀を振り向いた。

古風でしっかりとして、雅《みやび》やかで美しく輝き、かつ鋭さも強さも秘めている。

太刀というものの姿に、ある人の面影が重なって見える。

「刀は、男でしょうか？」

ぽつりとこぼれた問いに、水心子が答えた。

「男の相棒であるから男だと言う者もいれば、優雅な反りは女のようだと言う者もいる。どちらであってもよいのだ。己の愛刀を大事にできるのならばな。勇実どのは、どう感じておるのかね？」

「あえて言えば、男だと思っていました。ですが、そちらの太刀の姿を拝見したとき、違うことを感じました。知り合いの姿を思い出したものですから」

勇実は、太刀に菊香のことを重ねていた。

この太刀に限らない。花を見たり月を仰いだり、美しいものに出会うたび、これを菊香に見せたいと思う。菊香に似ているとも思ってしまう。

水心子は微笑み、内緒話のように勇実にだけささやいた。

「あなたの目に映るその人はきっと、いとおしくなるほど美しいのだろうね」

勇実は、つい緩んでしまう顔を隠したくて、うなずきながらうつむいた。

恋をしている、という自覚は、もうはっきりと、勇実の胸の中にある。

第二話　己の心に正直に

一

豊島町《としまちよう》にある質屋前川屋《まえかわや》の跡取り息子の梅之助《うめのすけ》と、柳原土手《やなぎわらどて》の古着屋はんじろう屋の娘おちよが祝言《しゆうげん》を挙げたのは、先月初めのことだった。

梅之助は千紘の同い年の幼馴染みだ。源三郎が師匠を務める手習所に通ってきていた。その当時、おとなしくて賢い梅之助は、おてんばな千紘の子分のようなものだった。

もう一人の幼馴染み、御家人の子の大平将太《おおひらしようた》は暴れ者だった。体が大きくて力も強かったが、そんな自分の体の操り方がわかっていなかったのだ。手習所では毎日、将太に殴られたとか突き飛ばされたとか、泣いてしまう筆子が出て、源三郎もいささか困っていた。

気が強い千紘と辛抱強い梅之助だから、将太と一緒にいられたのかもしれない。将太の力が強すぎるのも、何かの弾みで怒り出したら手がつけられないのも、二人にとって当たり前で、恐ろしいとは思わなかった。

それに、将太はどんどん変わっていったのだ。吠えるように怒鳴《どな》るばかりだったのが、次第に快活に笑うようになった。

将太が落ち着きを得たのは、源三郎の手習所でのことではない。龍治が稽古をつけてやるようになったおかげだ。そのやり方は荒っぽかった。極端に力の強い将太がくたびれて倒れ込むまで、龍治は相手をしてやったのだ。

暴れることがなくなった将太は、学問の才を発揮した。十五になる頃には、源三郎の筆子の中で一番の秀才に育っていた。

将太に比べると、梅之助は穏やかで大人びており、特にこれといった思い出話もない。いつもにこにこして、元気いっぱいの千紘や将太の面倒をそつなく見ていた。

その梅之助にも、実は、どうしてもうまくやれないことがあった。幼い頃から好いている女の子がいたのに、気持ちを伝えることができなかったのだ。

梅之助の恋路《こいじ》のために千紘と将太が一肌脱いだのは、この年の春のことだった。遅咲きの梅が花開く頃、幼馴染みの二人に背中を蹴飛ばされた梅之助は、ようやく長年の想いを実らせることができた。

そして半年の後、よき日を選んで祝言を挙げた。梅之助は十八、相手のおちよは十七。梅之助はそこそこに身代《しんだい》の大きい質屋の跡取り息子である。十八での嫁取りも早すぎることはない。

祝言から一月以上経って、千紘と将太はようやく、梅之助とおちよにきちんとお祝いを言うことができた。付き合いの広い質屋のことで、客がひっきりなしだったのだ。

千紘と将太は、帳場の一つ奥の部屋に上がり込んだ。幼い頃は、よくこの部屋で遊んだものだ。

おちよは若妻らしい丸髷《まるまげ》を結い、梅之助の装いに合わせた渋色の着物をまとっている。お茶を出す仕草もお辞儀をする仕草も、梅之助の母のやり方にそっくりだ。

「質屋と古着屋では、商いの大きさが違いますもの。あたしも早くお義母《かあ》さまみたいにきびきび働けるようになって、梅さんのお仕事の助けになりたいわ」

いじらしいことを言うおちよに、梅之助は相好《そうごう》を崩した。商い用のお面のような笑顔ではなく、内からあふれてくる気持ちをこらえきれずに、顔をくしゃりとさせて笑ったのだ。

「幸せそうですこと。うまくいっているみたいね」

千紘が言うと、梅之助とおちよは頬を染めて笑い合った。おちよの髪には、季節外れではあるが、梅の枝を模《も》した簪《かんざし》が差してある。千紘と将太が来るというので、思い出の品であるそれを選んでくれたらしい。

おちよは、ごゆっくりと言って奥に引っ込んでいった。その背中を見送りながら、梅之助は優しい声でのろけた。

「いいおかみさんぶりだろう?」

「おちよさんのことがかわいくて仕方がないみたいね」

「当たり前だよ。一緒になって、なおさらいとおしくなった。千紘さんも将太も早く所帯を持ちなよ。人生が変わる」

「はいはい、ごちそうさま。でも、ほっとしたわ。おちよさんが明るい顔をしているもの。お嫁入りが決まってから、前川屋さんに仕事を教わりに来ていたでしょう。あの頃はちょっと大変そうだったわよね」

梅之助はうなずいた。

「覚えることがたくさんあったからね。おちよが預かることになる奥の仕事に、質屋としての表の仕事のいろいろは、お客さんの顔と名前と商い、質入れされている品の扱い方と、いろいろね。おちよも無茶をするんだ。あんなに一気に覚えなくてもよかったのに」

「おちよさんはまじめなのね。今は、楽しんで働いているように見えるわ」

「たぶんね。仕事もひととおり呑み込んだみたいだし、もう無理をしてはいないと思う。まあ、もっと肩の力を抜いてくれていいんだけど。ちょっとくらいのんびりしても、たとえ失敗したって、誰もおちよを責めやしないのに」

「悩んでいる様子だったら、わたしに言って。おちよさんの仕事の手伝いはできないけれど、気晴らしに付き合うことくらいならできるから」

「伝えておく。若おかみなりの気苦労が、夫には見えないところにもきっとあるだろうし。女同士なら、そういう話もしやすいよね」

梅之助は、ふうと息をついた。

将太は梅之助の顔をのぞき込んだ。

「おまえも疲れているみたいだな。若旦那なりの気苦労というやつか？　顔色は少し黄味がかっているかな。腹が冷えたりしないか？」

「する。昔からだよ。脾《ひ》が弱いというやつらしいけど」

「一人で抱え込むたちの者は、そういうふうになりやすい。まあ、顔色を見る限り、重い病ではないようだ。米や芋《いも》をしっかり食って、元気を出せ」

「ああ、そうだな。気にすることでもないか」

「どうした？　嫌なことでもあるのか？」

「所帯を持ったばかりの若い夫婦だと、この話は避けられないさ。子供が待ち遠しいと、お客との世間話の中で必ず言われる。もっとあけすけな言い方をされることも多い。右に左に躱《かわ》しているけれど、まあ、気分が悪くなるときもあるんだ」

「梅之助がそう言うとは、よっぽどだな。品のない話に付き合ってやることもないだろう。嫌なときは、びしっとやり返せ。そんなふうに龍治先生が言っていたぞ。気を病むと体もおかしくなるから、疲れたと感じるときはちゃんと休め」

「ありがとう。しかし、驚いたな。将太が医者のようなことを言うとはね」

「俺は医者の子だぞ。近頃は屋敷にある医書を少しずつ読んでいるんだ。医者になるつもりはないし、医者に向いているとも思わないが、やはり大平家の男として、ひととおり学んでおかんといけない気がしてな」

千紘は小首をかしげた。

「そういう決まり事なの？」

「まあな。俺は大平家のみそっかすで、のけ者で、医者にも学者にもなれん出来損ないだ。でも、兄たちと同じ本を読み、わずかなりとも父の望む姿に近づくことができたら、父や兄も少しは俺のほうを見てくれるんじゃないかと、遅ればせながら気がついた」

千紘と梅之助は目と目を見交わした。

将太はあまりにまっすぐだ。それは将太の強さであり、よいところでもあるが、危なっかしいとも思ってしまう。もっとしなやかでなくては、強い衝撃を受けたときに、ぽっきりと折れてしまいかねない。

梅之助は言葉を選ぶ様子で将太に提案した。

「将太、その話はおいおい聞かせてほしいな。医術の本を読むのなら、人の顔色や脈を調べながらのほうがいいだろう。私の体で試してみていいよ。体を鍛えている将太や勇実先生たちと、特に何もしていない私とでは、同じ男でもいろいろ違うだろう」

「おお、それは助かる！　漢方《かんぽう》の医書は絵が下手で、何が何やらわからんことも多いんだ。その点、蘭方《らんぽう》の医書は細かい絵が添えてあるから、すごいんだぞ。どうやったらあんなに細かい絵を描けるようになるんだろうな」

将太は身振りを交え、大きな声で、ああだこうだと医術の話をした。漢籍《かんせき》を読みこなす将太は難しい言葉をいくらでも知っているはずだが、話す言葉は子供じみているくらい易《やさ》しいものばかりだ。

それでも将太はやはり頭がよいのだと、千紘は舌を巻いた。今まで少しも医術の話などしたことがなかったし、学び始めたのはつい最近だと言いつつ、筋道を立てた論を自分の言葉で語ることができている。

「向いていると思うけれど。お医者さんにも、学者先生にも、手習いの師匠にも」

千紘の言葉に、将太は、もともとくっきり大きな目をさらに見開いた。

「そうなのか？　俺は父や兄と違って、賢い振る舞いをすることができないし、内緒話も駄目だし、手先も不器用で、乱暴者の馬鹿なんだ。こんな俺でも、何者かになれると思うか？」

「なりたいと言っているじゃないの。手習いの師匠になりたいとも、もっと学んでいきたいとも言っていた。将太さんはちゃんと自分の望みを言葉にできているでしょう。馬鹿って何よ？　そんなこと、誰が言うの？」

将太はたちまちしゅんとしおれた。

「京で学んでいた頃は、俺も望みを持っていたんだ。江戸に帰ってきてすぐの頃も、何をなしたいかと問われれば、答えることができていた。でも、近頃はまた見失っている」

「なぜ？　将太さんはいい師匠だって、兄上さまも誉めているわ」

「勇実先生は優しいが、人に対して甘すぎると、俺の父や兄は言う。そうなのかもしれない。だから、俺が本当に優れているのか、父や兄が言うようにやはりみそっかすなのか、俺にはわからないんだ」

梅之助は将太に尋ねた。

「将太、家を離れるつもりはないかい？」

「家を？　また京に行けばいいってことか？」

「いや、江戸の中で、一人で住んだらいいんじゃないか？」

「なぜだ？　俺には家がある」

「それは将太のお父さんやお兄さんの家だ。将太が必ずそこに住まなけりゃならないわけじゃない。将太は一人で住むことができるはずだよ。将太を見ていると、独り立ちしたほうがいい気がするんだけど」

千紘もうなずいた。言葉を重ねようと口を開きかけたところで、はっと息を呑んだ。

店のほうから聞こえてきた声が、千紘の知るものだったからだ。聞きたいと望んでいた声だった。

「ごめんくださいｓ。沢姫屋《さわひめや》のお使いで、質草《しちぐさ》の請《う》け出《だ》しの相談に来たんですけど、今いいかしら」

しっとりと低い女の声だ。きびきびとしているが、包み込むようなしなやかさもある。

声も姿もきれいな人だった。兄がかつて恋い焦がれた気持ちも、今となっては千紘にもわかる。色っぽくて美しいだけではなく、凛《りん》として強い人なのだ。

千紘は部屋からそろりと顔をのぞかせた。

帳場の向こうに、思い描いたとおりの人がいた。

おえん、という名の女だ。

年は三十六だと聞いた。十八の千紘からすれば親子のように年が離れているが、おえんが老けているとはちっとも思わない。愛想よく微笑んだ目尻の柔らかなところさえ、醜くなどない。色香が熟《う》れるというのは、きっとこういうことだ。

おえんは店の奥にいる千紘に気づいていないようだ。手代《てだい》との話から推し量るに、おえんは今、沢姫屋という宿で働いており、そこそこ頻繁に前川屋にお使いに出されているらしい。

前川屋の者たちもすでにおえんと顔見知りの様子だった。物覚えのよい蔵番《くらばん》は、去年の沢姫屋さんはいつ頃、どれだけの量の冬物を請け出していて、などと教えている。

冬物の請け出しについておおよそ話がまとまると、蔵番は首をかしげた。

「しかし、おえんさんも大変だ。まだ沢姫屋さんで働き始めて三月《みつき》ほどでしょう。仕事の手ほどきを受けながら、だんだん慣れていく頃だろうに」

「手取り足取り仕事を教えてもらうような年じゃあないし、いろいろ渡り歩いてきたから、何とかなってます。それに、ぼんやりするより忙しくしてるほうが好きなんですよ」

「気持ちはわかります。でも、体を壊さないよう、用心してくださいね」

「ありがとうございます。それじゃあ、三日後にお願いしますね。お金はそのときに」

「承《うけたまわ》りました」

おえんは証文か何かを受け取って、店を出ていった。

千紘はぱっと立ち上がった。肩越しに将太と梅之助に告げる。

「わたし、ちょっと用事ができたの。すぐ戻ると思うけど、行ってきます！」


千紘はおえんを追った。声を掛けるつもりはない。上背《うわぜい》があって手足の長い、女らしい肉づきの後ろ姿を、人混みの中に見つける。そのまま後をつける。

夏の初め、おえんは唐突に白瀧家を訪ねてきた。今まで身を置いていた浅草の料理茶屋を飛び出してきたらしかった。料理茶屋の旦那に暴力を振るわれていたのに、怪我を隠して、何でもするから屋敷に置いてほしいと言ってきたのだ。

千紘はおえんの話をろくに聞かなかった。おえんが勇実を誑《たら》し込《こ》もうとしているかのようで、見ていてむかむかした。六年前に何かあったというのも、一回り年上のおえんが若い勇実をおもちゃのようにしたのだろうと、勝手に思ってしまった。

男と女の間柄のことは、当人たちにしかわからない。それを差し引いても、千紘の思い込みはずいぶん身勝手だった。

兄を取られたくないと思ってしまったのかもしれない。いや、兄の人生を千紘の望むままに操ろうとさえ考えていたのかもしれない。だから、武家の女でもなく、うんと年上で素性《すじょう》の知れないおえんを、千紘ははなから拒んだ。けれど、そんなんじゃいけないないと、時が経てば経つほどに、感じるようになった。自責の念で押し潰されそうな心地にもなる。おえんには不幸せになってほしくない。もしも助けを必要としているなら、何とかしてあげたい。

千紘はおえんを追い掛けた。

その道行きはさほど長くなかった。おえんは、旅籠《はたご》の建ち並ぶ馬喰町《ばくろちょう》に至ると、ひょいと裏路地に入っていった。そして、木戸をぎしぎしさせながら、勝手口の奥に消えた。

「ただいま戻りましたよ」

おえんの声を木戸越しに聞きながら、千紘はそろりと勝手口に近づいた。

こんなに近くにいただなんて、と思った。

本所に住む千紘だが、しょっちゅう両国橋《りょうごくばし》を渡って西岸《せいがん》の日本橋にやって来る。旅籠だらけの馬喰町の道はあまり通らないが、その周辺は、薬研堀《やげんぼり》の煮売屋《にうりや》であったり、豊島町の前川屋であったり、橘町の翰学堂であったりと、よくうろうろしている。

木戸越しに、女のとげとげしい声が聞こえた。

「おえん、あんた、ずいぶんのんびりしてきたんだね。お得意の色仕掛けで請け代をおまけしてもらってきたのかい？」

意地の悪い言葉に、千紘は背筋がぞくりとした。

おえんは平気そうに答えた。

「いやですよ、おかみさん。前川屋さんはそういうところ、きっちりお堅い商いをなさっていますから。さて、部屋の掃除の続き、やってきますね」

おえんは笑いながら、二階へ行ったようだ。その代わり、勝手口のそばに別の女中たちがやって来る気配があった。変に華やいだ調子で言い合っている。

「ね、今の見た？　あの笑い方。大年増《おおどしま》のくせに美人気取り。この笑顔で客を取ってたんですよ、みたいな笑い方じゃない？」

「本当にそうよね。いやらしいったら。前に勤めてたっていう料理茶屋だって、どんな店だかわかったもんじゃないでしょ」

「襟《えり》の抜き方とかさぁ、いちいちやりすぎよね。でも、お客は大喜びでしょ。越《えち》前《ぜん》から来た鳶《とび》の人たち、あの女のお尻を酒の肴《さかな》にしてた」

「気持ち悪いよね。うちはそんな旅籠じゃないのにさ。あ、おかみさんも気をつけてくださいね。旦那さんが色仕掛けの餌食《えじき》にならないように」

けらけらと、笑い声が上がった。

千紘は血の気が引くのを感じていた。腹の中が冷たくなって、体が震える。怖いのではない。これは怒りだ。

よくあることだろう。新入りの女中の陰口で笑い合う。いじめてよい一人を選んで、ほかの皆は安全なところから、その一人に石を投げるのだ。

おえんは強い人だ。このくらいでは、きっとへこたれない。

でも、だからこそ心配だ。おえんは音《ね》を上げず、一人でじっと耐えている。いじめている人たちは、長持ちするおもちゃだとでも思って、舌なめずりしているのかもしれない。

勝手口の木戸が軋《きし》んだ。千紘はどきりとしたが、木戸が開く様子はない。誰かがもたれかかっただけだろう。意地の悪いおしゃべりは続いている。

「おえんさんさぁ、子供育ててるらしいよ」

「え、独り者でしょ？　隠し子？」

「拾ったんだって。あの人の長屋、うちと近いからさ、隣の部屋に住んでる鋳掛《いかけ》屋《ゃ》に聞いたのよ。ほら、鋳掛屋ってさ、歩き回って仕事してるから噂に詳しいのよね」

「それで、おえんさんの子供の話を聞いたってわけ？」

「美人の一人暮らしだったのが、いつの間にか子供が住み着いてたんで、長屋じゅうの男が残念がってるらしいよ」

「そうなんだ。本当に拾い子？　あの人、昔のことをはっきり話さないじゃない。不義の子をもうけててもおかしくないでしょ」

「やだ、何それ、おもしろそう！　誑し込んじゃいけない旦那さまを誑し込んだとか？」

　笑いさんざめく声。

　千紘は、嫌な感じの胸の高鳴りを抱えて、そっと沢姫屋を後にした。

　路地を離れたところで、折よく将太と出くわした。

「おお、よかった！　千紘さんを追い掛けたんだが、見失っていたんだ。さっきの人、知り合いか？」

「ええ、ちょっとね」

「少しでも話せたか？」

「いいえ。でも、どんなところで働いているのかはわかった」

将太は長身を屈めるようにして、千紘の顔をまっすぐに見た。

「あまりよいところではないみたいだな。その知り合いのことが心配なんだろう？」

「そうね。だけど、わたしが話をしに行ったら、きっと迷惑を掛けるの。わたしもあの人にひどいことをしてしまったから」

女中たちの陰口に、千紘の心のどこかが賛同していた。おえんの色っぽさは到底、真似できっこない。足元にも及ばない。だから嫉妬している。悔しくて、だから意地悪をしたくなる。

何て醜い心だろう。

おえんさんを悪く言う必要なんてないでしょ、だってわたしのほうがずっと若くてかわいいんだから。ちょっと難しい本だって読めるのだし。そんなふうに反発する声も、千紘の胸の中にある。

そちらの声も、とても醜い。

千紘は悲しくなった。悔しくて腹立たしくて、一人で抱えていられなくなった。

「あの人はね、兄上さまが昔お世話になった人なんですって。でも、わたし、あの人にちっとも優しくしてあげられなかった。意地悪なんてしたら、兄上さまもあの人も嫌な思いをするのに、何ひとつうまくできなかったの」

「勇実先生が世話になったって、あのことか？　年上の女に夢中だったことがあると聞いた」

「兄上さまがそう言っていたの？」

「ああ。この間、一緒に湯屋に行ったときにな。俺が、その、菊香さんともっと話をしたいと打ち明けたら、勇実先生が助言をしてくれた。勇実先生も今の俺くらいの頃、年上の女に夢中だったんだって」

　千紘は驚いた。

「兄上さま、話したのね。ずっと内緒にしていたのに」

「そうみたいだな。龍治先生がちょっと慌てていた。龍治先生が秘密を守っていたから、勇実先生は咎めを受けずに済んだそうだな。家格が釣り合わない相手だったんだろう？」

「ええ。あの人は武家ではないの。年もずっと上。立場が違いすぎて、兄上さまが本当にあの人に想いを寄せていただなんて、わたしも初めはちょっと信じられなかった」

将太は眉間《みけん》に皺を寄せて千紘の様子をうかがっていたが、頭をがりがりと掻いた。

「いかんな。答えの出ないことを考えるのは苦手だ。頭を切り替えよう。梅之助が、用が済んだら戻ってこいと言っていた。おやつがあるそうだ。前川屋に戻るぞ」

「ええ」

尻を端折《はしょ》った格好の鳶が幾人か、通りを駆けていった。聞き慣れない訛りが千紘の耳に飛び込んできた。さっき噂に上がっていた、おえんの尻を酒の肴にしていたという男たちだろうか。

千紘は後ろ髪を引かれる思いで歩き出した。

二

気迫の声と共に木刀が繰り出された。

それは近すぎるほどの間合いから放たれる刺突《しとつ》だ。小柄で機敏な龍治にしかできない、電光石火の一撃である。

篠原左馬之進《しのはらさまのしん》はのけぞりながら、それでもどうにか刺突を棟《むね》で受け、勢いをそらそうとした。

かぁん、と甲高《かんだか》い音がした。左馬之進の木刀が弾け飛ぶ。

龍治は返す刀で逆袈裟《ぎやくげさ》の斬撃を放つ。左馬之進は、左腕を捨てる戦術に出た。左腕を龍治の斬撃の前に差し出しつつ、踏み込んで右手を龍治の喉《のど》に差し伸ばす。

これが本当の戦場であれば、と想定しての立ち合いだ。肉を斬らせて骨を断たんと、左馬之進は賭けに出た。血みどろの相打ちにもつれ込むのか、それとも。

つかまれそうになった龍治は、身をひねって鋭い蹴りを放った。防具をつけた左馬之進の胸を、龍治の蹴りが突きのけた。

左馬之進はたまらず、尻もちをついた。一瞬、牙《きば》を剝くような凄まじい顔をしたが、すぐさま力を抜いた。

「ああ、ちくしょう！　負けた負けた！」

張り上げた声はすがすがしかった。

龍治は肩で息をしながら切っ先を下ろした。矢島道場の門下生たちも、それでようやくほっと息をついた。

きゃあ、と黄色い歓声が上がった。髪結いの娘のおユキである。

「さすが龍治先生！　格好いい！」

皆の視線がおユキに集まる。

おユキの隣で、千紘は首をすくめた。

「ちょっと、おユキさん」

「いいじゃないですか。千紘先生だって、龍治先生のこと格好いいって思うでしょ？」

けらけらと笑うおユキは、千紘が手伝いをする百登枝《もとえ》の手習所の筆子である。

十四とはいうものの、近頃は化粧も板についてきて、ぐっと大人びて見える。

まるで芝居見物のように、おユキはたびたび矢島道場をのぞきに来る。龍治に熱を上げているのだ。恋仲になりたいと望んでいるわけではない、贔屓《ひいき》の役者を応援するようなものだと、おユキは言う。

千紘からすれば、大げさな騒ぎっぷりに見える。確かに龍治は男前だ。実の兄と変わらないほど見慣れているにもかかわらず、千紘の目にも龍治の格好よさはちゃんとわかる。

今日はたまたま千紘も居合わせたが、千紘が知らないときにもおユキは道場見物に来るらしい。友達と一緒に、きゃあきゃあと騒いでいることもあるようだ。

稽古の邪魔になるでしょう、と千紘が叱っても、おユキはどこ吹く風である。

龍治がおユキたちを甘やかすそうだ。叱ったり怒ったりせず、どうしてもうるさいときでさえ、苦笑いしながら「ちょいと静かにしてくれるかな」である。

龍治は木刀を肩に担ぎ、左馬之進に問うた。

「変な具合に痛めてねえか？」

「ああ、大事ない。しかし、足が出るとはな。矢島道場の剣術はもっと端正で品がいいと思ってたんだが」

「相手次第だよ。左馬さんは何をしてくるかわからねえから、気を張っていたんだ」

左馬之進は近所の道場で他流を修めている。かつては源三郎の筆子だった。勇実の一つ年下だが、御家人の三男坊で、半ば遊び人のような暮らしをしている。

正月一日には同門の仲間を引き連れて矢島家を訪れ、師範の与一郎に相撲の勝負を挑んで大騒ぎをした。

今日は与一郎が出稽古に行っている。師範代の龍治が左馬之進の挑戦を受けることになり、白熱の剣戟《けんげき》を繰り広げた。千紘が前川屋から帰ってきたのは、まさに立ち合いが始まったときだった。

汗びっしょりになった龍治は、千紘のほうへやって来た。

「珍しいな。千紘さんが見物に来るなんて」

「ちょっと相談があってこっちに来たら、ちょうど立ち合いの最中で、おユキさんにつかまったんです」

「相談？　俺に？」

「後で話します」

おえんが今どこで働いているかを知ってしまったと、龍治にも伝えておきたかった。

おユキはずいと前のめりになって、龍治に手ぬぐいを差し出した。

「これで汗を拭《ふ》いてください！」

「きれいな手ぬぐいだな。汚れちまうぞ。いいのか？」

「いいんです。よかったら、もらってください。あたしの親、髪結いでしょ。これ、お得意さんに差し上げてる手ぬぐいなんですよ。麻《あさ》の葉《は》模様で、魔《ま》除《よ》けの願いを込めてます。怪我なんかしないでくださいね」

「ありがとう。励みになるよ。なあ、みんな」

龍治は門下生たちを振り向いた。皆、めいめいの表情でうなずく。照れくさそうな者もいれば、でれでれしている者もいる。

目をきらきらさせてお辞儀をしたのは、勇実の筆子でもある海野淳平と河合才之介《かわいさいのすけ》だ。淳平は十一、才之介は八つだが、きびきびとした仕草は若侍らしく凜としている。

「おユキさんたちの差し入れ、とても嬉しいです」

「いつもありがとうございます！」

千紘はおユキを振り向いた。

「差し入れをしているの？」

「近頃、ちょっとだけね。手習いに行く日が減って、そのぶん仕事ができて、いくらか稼げるようになったから。あたしだけじゃないですよ。小間物屋《こまものや》のお江《ごう》ちゃんとか、果物屋のおりんちゃんとか。お菓子だったり甘酒だったり、みんなで持ち寄るんです」

淳平がうなずいた。

「西瓜《すいか》の皮の漬物もおいしかったです。おユキさんが作ってくれたんですよね？」

「あたし、こう見えても料理が得意なのよ。汗をたくさんかく男は、塩気のあるおやつを好むものよね。蜜柑《みかん》みたいな、すっぱいものも疲れに効くんだよ」

「覚えておきます！」

「そのうち持ってきたげるからね」

千紘は気恥ずかしくなった。おユキたちがそんな心配りをしているとは知らなかった。龍治たちがおユキを邪険《じやけん》にしないのも当たり前だ。思いやってもらえば、嬉しいに決まっている。

ちくん、と千紘の胸に痛みが走った。

でも、千紘は笑ってみせた。

「すごいわね、おユキさん。人に喜ばれることができるって、すてきなことよ。百登枝先生にもお伝えしておくわ。きっと誉めてもらえるでしょう」

「やだ、照れちゃう。あたしはただ楽しいから、龍治先生たちのことを応援してるんです。だけどね、千紘先生」

おユキはいきなり、ぐいっと千紘の肩を抱くようにした。おユキのささやき声が、千紘の耳をくすぐる。

「千紘先生はもっと龍治先生に何かしてあげたほうがいいですよ。道場の皆さんは千紘先生と龍治先生はいつかくっつくと信じてるけど、傍目《はため》にはちょっと心配。千紘先生ったら、そっけないんだもの」

「な、何を言うのよ、急に」

おユキはいたずらっぽい上目遣いをすると、千紘にも龍治にも聞こえるように言った。

「井手口《いでぐち》家の若さまが千紘先生をお茶に誘いたいんですって。お庭の菊がきれいだから、一緒に見たいそうよ。どうするの、千紘先生？」

千紘はどきりとした。

井手口家の嫡男で、百登枝の孫である悠之丞《ゆうのじょう》は十六。昔からたびたび顔を合わせる間柄だ。恥ずかしがりやで、千紘と目が合えば真っ赤になって隠れてしまうような子供だった。

それがいつの間にか、すらりと長身の若者になっていた。夏に久方ぶりに言葉を交わしたとき、千紘が抱えていた朝顔の鉢を、悠之丞は軽々と持ってくれた。

「お茶に誘うだなんて、若さまがそんなことをおっしゃっていたの？」

おユキは、初々《ういうい》しい桃色を差した唇をにっこりさせてうなずいた。

千紘は龍治のほうを見やった。龍治はおどけるように目をぱちぱちさせた。

「若さまも隅に置けないなあ。近頃、剣術の腕もめきめき上がってきたんだ。気が優しすぎるのが弱点だったんだが、いい意味で意地が出てきたらしい。もともと学問においては優れているそうだし、きっとすごいお人になるぞ」

龍治は、千紘と目を合わせなかった。おユキに渡された手ぬぐいで顔を拭き、それを肩に引っ掛けて、千紘に背を向ける。仕切り直しの手拍子《てびょうし》を打つと、門下生たちに向けて声を張り上げた。

「さて、せっかく左馬さんが来ているんだ。しごいてもらうといい。俺や親父とはまた違った打ち方をするが、けっこう強いんだぞ」

おい、と左馬之進が笑う。

「けっこうって何だよ。俺はとっても強いぞ。与一郎先生に言いつけられたとおり、この一月は酒を飲まずに、体を絞ってきたんだからな」

「そのくせ俺に負けたじゃねえか。まだまだたるんでるんだよ。もっと自分を追い込め」

「一回勝ったくらいで調子に乗るなよ」

「何回でも勝ってやらあ」

遠慮のないやり取りに、門下生たちも士気が上がったらしく、淳平と才之介もぺこりとお辞儀をして、稽古に戻っていった。

　おユキは、ふぅん、と歌うような声を出した。

「龍治先生もそっけないのよねえ。それに、人が好すぎるんだわ」

「そっけない？」

「龍治先生って、好きなおかずをおしまいまで残しておきそうね。それで、そのおかずが好きな人がほかにもいて、おいしそうだねって言うのを聞いたら、つい譲っちまうんじゃない？　ねえ、千紘先生」

　千紘はうつむいた。

「やめて、おユキさん」

「はぁい。龍治先生のお話をするのはやめまぁす。ねえ、千紘先生。明日はお月見のお団子を作って、百登枝先生のところに持っていくんでしょ？　若さまが楽しみにしてるそうですよ」

「やめてったら」

「はぁい」

　おユキは喉を鳴らすようにして、くすくすと笑った。若い娘にしかできない、ぞっとするほどかわいらしい声だった。

三

勇実は困惑した。

小普請組支配組頭《しはいくみがしら》の酒井孝右衛門《さかいこうえもん》が訪ねてくるというので、さて今日は何を持ってくるやらと思っていた。

孝右衛門は還暦かそこらの年頃で、いささか凝り性《こしょう》、少し変わったところがあるが、世話好きで人柄はとてもよい。勇実の才に信用を置いてくれて、古書や漢籍の整理を頼みに来ることもある。

勇実の筆子たちにも目を掛けてくれている。孝右衛門は、声のよい虫や季節の風物詩となる花などを育てており、売り物にならないぶんを手習所に持ってきてくれる。筆子たちは大張り切りで、虫や花を育てるのだ。

孝右衛門は筆子たちの前で、すっかり髪が薄くなっているのを自ら茶化して「髷の小さな酒井のお爺さん」と名乗る。筆子たちは「酒井の」をすっ飛ばして「髷の小さなお爺さん」で覚えてしまった。

こたびの孝右衛門の用件もまたそういった類《たぐい》だろうと、勇実は思っていた。だから油断していた。

「実は、仲人《なこうど》になってもらえないかという話を受けておってだな。先方は、勇実どのにぜひうちの娘をと意気込んでおるのだが、どうだね。そろそろ勇実どのも身を固めたいと思ったりはせんか？」

にこにこと上機嫌な孝右衛門を前に、勇実は半端《はんぱ》に口を開けたまま、答えに窮した。

孝右衛門の傍らでは、用があるのでついでに一緒に来たという尾花琢馬《おばなたくま》が、噴き出すのをこらえるような顔をしている。

台所のほうから、千紘と菊香がそろりと顔を出した。九月十三夜の豆名月《まめめいげつ》を愛《め》でるための団子を作るという口実で、千紘が菊香を呼んでいたのだ。

答えかねている勇実に、孝右衛門はさらに一押し、畳みかけた。

「先方は御書物同心《ごしょもつどうしん》を務めておられるかたでな、勇実どのが古今東西《ここんとうざい》の書物に通じた逸材であると知って、ぜひにとの話なのだ。悪い縁談ではなかろう？　勇実どのにふさわしいお役に就くきっかけになるやもしれん。どうかね」

千紘が鋭くささやいた。

「兄上さまっ」

勇実は助けを求めるような心地で、ちらりと千紘のほうを振り向いた。眉を吊り上げている千紘の隣に、日頃と変わらぬおっとりした顔つきの菊香がいる。

どうしよう、と勇実はつい口走った。すっかり途方に暮れている。

正直な気持ちを言えば、むろん、縁談など断ってしまいたい。

書物同心というから、相手の家柄は、白瀧家よりもずっとよいはずだ。そんな話を受けるのは心苦しい。

いや、御書物方《ごしょもつかた》という、将軍家の文庫を預かる仕事に興味がないとは言わない。そこには一体どんな書物がどれだけ秘蔵されているのだろうか、と思い描くだけで心が躍る。

だが、果たして自分はご公儀のお役に就《つ》いてきっちり働きたいのだろうかと、改めてそこから考えてみると、途端に意気消沈してしまう。役人暮らしが自分に合うとは到底思えない。

気持ちがついていかないのは、お役に関することだけではない。

もしも縁組することで将軍家の文庫に立ち入る役目を得られるのだとしても、そんな下心のためだけに相手の人生を左右してしまうのは、心が重い。

勇実は、想いを寄せる相手のことさえ傷つけるような、器の小さな男だ。そんなふうに自分を評している。誰かと所帯を持ち、相手を幸せにすることなど、とてもできそうにない。

おえんのことで胸が痛んだ四月と、菊香のために勇気を出した七月があって、今なお迷いや悩みを断ち切れずにいる。勇実の胸の内は曖昧《あいまい》で、縁談を受けるどころか、そんな話を聞く構えもしていなかった。

勇実は声を絞り出した。

「申し訳ありません。縁談は、お受けできません」

頭を下げ、恐る恐る面《おもて》を上げながら、孝右衛門の顔色をうかがう。

思いがけないことに、孝右衛門はおもしろがっていた。

「変わったのう、勇実どの。縁談を持ってきて、こんなに丁寧に断られたのは初めてじゃ」

「……そうでしたか？」

「そうだったとも。いつも実にあっさりと、すげなく断りおったではないか。縁談のえの字も聞きたくない、といった具合にな。もしやおなごに関心が持てぬのか、ならばいっそ連れ子のいる後家を探してやろうかと悩んだくらいじゃ」

琢馬がこらえきれなくなったように笑い出した。明るく張りのある声を上げ、顔をくしゃくしゃにして笑っている。

「あはは、これは失礼。いや、私も勇実さんには振られてばかりですから。いい話を持ってきても、まるでありがたがってくれない。食いついてこないんですよね」

塚馬は勘定所勤めの役人である。お役は支配勘定で、肩書は下っ端《したっぱ》に過ぎないが、勘定奉行の遠山景晋《とおやまかげみち》の子飼いで、肩書以上に暗躍している様子だ。

勇実の父、源三郎はかつて勘定所で働いていた。その頃の仕事ぶりはよほど際立っていたらしい。お役を辞して十数年経っているのに、遠山は源三郎を再び用いようと考えた。が、源三郎は故人である。その代わりにと、勇実に白羽の矢が立った。

塚馬が持ってくる「いい話」とは、勘定所のお役に就けてやるという件だ。塚馬と共に遠山の子飼いとなるなら、出世は約束される。ゆくゆくは旗本になることさえできる。

小普請入りの三十俵二人扶持《ににんぶち》の御家人にとって、確かに塚馬の申し出は「いい話」のはずだ。自分から突き放して考えてみれば、勇実とてそう思う。

だが、そこに自分を置いてみれば、出世話など、たちまちどうでもよくなってしまうのだ。

手習所の師匠として、それなりの日々を送っている。父がやっていたのを真似しながら、初めは四苦八苦だったが、近頃ようやくのんびりできるようになってきた。

侍らしくないと千紘には叱られる。だが、肩肘《かたひじ》を張って侍らしいふりなどしても、うまくいくとは考えられない。お役のことも、縁談のことも、どちらもだ。より高みをだとか、よりよい立場をだとか、勇実には何の望みもない。

孝右衛門は勇実の肩越しに、千紘のほうへ視線を投げた。

「千紘どの、そちらのご婦人はどなたかな？」

勇実は体ごと振り向いた。

千紘に背を押され、菊香が部屋に入ってきた。ふわりと甘い匂いのする前掛けを整え、きちんと背筋を伸ばして座る。

「ごあいさつが遅れました。小十人組士《こじゅうにんぐみし》、亀岡甲蔵《かめおかこうぞう》が娘、菊香と申します。白瀧勇実さま、千紘さまにはいつもよくしていただいております」

「小普請組支配組頭の、酒井孝右衛門と申す。菊香どのはこのあたりにお住まいではあるまい。儂はこれでも人の顔と名を覚えるのは得意でな」

「八丁堀に屋敷がございます」

「ほう、わざわざ八丁堀から。いかなる縁なのかな？」

菊香がちらりと勇実に笑みを向けた。それで勇実は、自分がつい菊香を見つめていたことに気がついた。はっとして目を泳がせる。菊香は落ち着いた声で孝右衛門の問いに答えた。

「去年、わたくしが誤って大川で溺れかけたことがありました。そのときに勇実さまや千紘さん、矢島龍治さまが助けてくださったのです。それがそもそもの始まりでした」

「ああ、そのときの娘御が菊香どのだったか。いや、勇実どのが泳げることは知っておったが、人の命を救えるほどの水練《すいれん》の巧《たく》みは珍しい」

「はい。わたくしの父も、人ひとりを抱えて泳ぐことの難しさを申しておりました」

勇実は居たたまれない気持ちになり、口を挟んだ。

「よしてください。私はそう大した者ではないんですから。あのときはいろいろと運がよくて、菊香さんを助けることができただけです。私ひとりの手柄などではありませんし、あれから幾度も菊香さんに力を貸してもらって、かえって迷惑を掛けてばかりで」

いつの間にか勇実の傍《かたわ》らにいた千紘が、こっそり勇実の足をつねった。勇実は黙る。

菊香は長いまつげを伏せ、ひっそりと微笑んだ。

孝右衛門は勇実と菊香の顔を見比べていたが、うむうむと満足そうにうなずいて、早々に座を立った。

「ようわかった。いや、勇実どの、無理難題を持ってきてしもうて、すまなんだな。先ほどの縁談は、聞かなかったことにしてくれ」

勇実はぽかんとして顔を上げた。

「よろしいのですか？」

「致し方あるまいて。実のところを申せば、勇実どのを望んでおったのは奥方で、旦那はもっと家柄のつり合いがとれるほうがよかろうかと悩んでおった」

「そういうことでしたら、お断りいただくのが双方のためです」

「勇実どのに会えば、旦那のほうも喜んで縁談を進めることにしたであろうがな。のう、勇実どの。儂はもう慣れたが、こういうときには、そんな嬉しそうな顔をするものでないぞ。縁談や出世話を蹴って上役《うわやく》の厚意を無にしておいて、何じゃ、その顔は」

口では厳しげなことを言いながら、孝右衛門は楽しそうに呵々《かか》と笑った。

千紘はぱっと立ち上がった。

「お見送りします。あ、そうだわ。お団子ができたところなんです。少し持っていかれません？」

「おお、いただこうか。今夜は皆で月見かの？」

「菊香さんは八丁堀に帰りますよ。嫁入り前の大事な身ですもの。兄上さまが送っていくことになっています」

千紘は勇実にいたずらっぽい笑みを向けた。そんな話は聞いていない、と勇実は口走りそうになった。あれこれ察した顔の琢馬が、袖で口元を隠しながら笑っていた。

四

改めまして、と琢馬は居住まいを正した。麝香《じゃこう》の匂いがさりげなく漂う。

「勘定所で支配勘定を務めております、尾花琢馬と申します。万事において優れた才を見せる勇実さんを勘定所に引っ張ってくるよう、上役に言われてこちらに遣わされているのですが、なかなか口説《くど》き落とせずに困っております」

きわどい言い回しを交えてみせる琢馬に、菊香はそっと微笑んで頭を下げた。

「亀岡菊香でございます。尾花さまのお話は千紘さんからよくうかがっております」

「琢馬で結構ですよ。勘定所の尾花といえば父のことですから、千紘さんにも近頃は『琢馬さま』と呼んでもらっています」

「さようですか」

「私のほうもね、菊香さんのお噂はよく聞かせてもらっていますよ。勇実さんが夢を見るような目をして語ることと言えば、珍しい漢籍の話か、さもなくば、武術に秀《ひい》でて手先も器用な美人の話ばかりですから」

勇実は思わず琢馬を制した。

「ちょっと、それは誤解を招く言い方です。夢を見るような目などと、そんな言い方では、私がいやらしい話をしているみたいではありませんか」

「そうですね。やましいところはありませんよね。いっそ微笑ましいくらいです。勇実さんは一体どんな天女《てんにょ》と知り合いなのかと、興味を惹かれておりました」

勇実は慌てて言《い》い募《つの》った。

「違うんですよ、菊香さん。琢馬さんはすぐこうやって人をからかうんです。誓って、私は道理を外れるようなことも礼を失するようなことも話してなどいませんから。信じてください」

菊香はおっとりと微笑んだまま、ちょっと小首をかしげてみせた。

孝右衛門と立ち話をしていた千紘が戻ってきた。菊香の隣に千紘が落ち着いたところで、琢馬が本題を切り出した。

「今日は届けものをお持ちしたんですよ。勘定所にため込まれた古い書類の片づけをしていたら、数年前に病を得てお役を辞したという勘定組頭《かんじようくみがしら》の大山さまの私物があれこれ出てきました。大山伸左衛門《おおやまのぶざえもん》さまのお名前、聞き覚えはありませんか？」

琢馬は勇実に問いを投げかけた。勇実はかぶりを振った。

「いえ、存じ上げません」

「そうですか。白瀧源三郎どのが勘定所にお勤めだった頃、大山さまが上役だったようです。勤めの上で顔を合わせるばかりではなく、人として信用を置く相手だったようですね」

琢馬は懐から袱紗《ふくさ》を取り出した。艶《あで》やかな花模様の袱紗に包まれていたのは、古びた手紙だ。宛名の字を見て、勇実ははっと息を呑んだ。

「父の字ですね」

「源三郎どのは十三年前、奥方を亡くされてさほど経たない頃に、たまたま表沙汰になった勘定の誤りの責めを自ら負って、お役を辞してしまわれました。そのときに上役の大山さまに宛てた手紙です」

「そんなものが勘定所に……」

「大山さまの病は、こう、物忘れがひどくなって片づけがまったくできなくなるといった類のもので、大切にしていたと思われる文箱《ふばこ》もそのまま仕事場に置き去りになっていたんですよ。その文箱の中に、こちらの手紙もありました」

「読まれましたか？」

「失礼ながら、仕事なのでね。大山さまはご存命ですが、心はすっかり幼子《おさなご》の頃に戻ってしまわれて、白瀧源三郎というおじさんのことは知らない、との仰せでした。ですから、この手紙は勇実さんに持っていてもらうのがよいかと」

勇実は覚えず、ああと息を漏らした。

「今、読んでかまいませんか？」

「ぜひどうぞ。走り書きのような、短い手紙ですよ」

千紘が目の色を変えて、勇実の傍らへと膝を進めてきた。

勇実は、少し震える指で手紙を開いた。

略式の手紙は謝辞から始まっていた。源三郎が責めを負った件について、まさか白瀧がそんな不正をおこなうことはあり得ぬと、断固として訴えを上げ、調べを進めて無実を明かしてくれたのが大山だったようだ。

大山は源三郎が戻る席まで用意していたが、源三郎はそれを辞した。勘定所の仕事が嫌いなわけでも、ましてや大山の厚意を無下《むげ》にしたいわけでもないと、源三郎は弁明する。

これから新たな道を歩みたいと望んでいる、と源三郎は思いの丈《たけ》を綴《つづ》っていた。思いがけないほど力強い筆遣いだ。

何もかも失い、腹を切らねばならぬのかと覚悟したとき、源三郎は幼い頃の望みを思い出した。望むままに進むことができるなら、子供の頃の源三郎は、手習いの師匠になりたかったのだ。

大山の尽力により、源三郎は生き永らえた。これは二度目の人生だ、と源三郎は感じた。こたびの人生は、己の望むままの道を歩んでみたい。ゆえに勘定所には戻れない。大山さまのご恩に報いることができないのは申し訳ないことだが、どうかご寛恕《かんじょ》願いたい。

源三郎が綴る文面には、明るさがにじんでいた。これから先の人生への不安よりも、望みを叶えて生き直すのだという意欲に満ちていた。

勇実は二度、手紙を読んだ。それから、ほっと息をついた。

「本所に越してきてからの、手習いの師匠だった父のほうが、私は好きでした。仕事仕事で屋敷にほとんど帰らなかった、昔の父よりも」

千紘は懐かしそうに目を細めた。

「久しぶりに父の字を見ました。琢馬さま、手紙を届けてくださってありがとうございます」

琢馬は冗談めかして、恩着せがましく言ってのけた。

「ええ、感謝してください。こんな手紙を読ませてしまったら、勇実さんを勘定所に引っ張るという私の役目がますます果たしにくくなります。それでも勇実さんが喜ぶだろうと思って、正直にここへ持ってきたんですよ」

勇実はそっと笑った。

「ありがとうございます」

「どういたしまして」

「私は、父とはあまり話をしませんでした。ですから、何を思って手習所を営んでいたのか、それすらよく知りませんでした。手習いの師匠として生きることは、父が胸の内に秘めていた長年の望みだったのですね」

「何事もなく勘定所に勤めていれば、今頃は私の父などよりよほど出世できていたでしょうし、裕福にもなったかもしれませんがね」

「望まざる道を進まねばならない者のほうが、世の中にはきっと多い。父は、望みのままに生きる道を選んだんです。大した人だったのだなと、今、思いました」

「己の望みを形にするどころか、言葉にすることさえできない者も、世の中には多いはずですしね」

琢馬はぐるりと皆の顔を見やった。

千紘が声を上げた。

「わたしは、やりたいことがあります。百登枝先生のようなお師匠さまになりたいんです。百登枝先生は、筆子の女の子たちに言葉を授《さず》けます。筆子たちは皆、百登枝先生に教わった言葉を使って、明るい顔をして、自分の望みを声に出すことができるようになるんです」

琢馬はうなずいた。

「立派なお師匠さまなのですね。日々暮らしていくための読み書きそろばんと礼儀作法を教えるだけ、ではないわけだ」

「手習いのお師匠さまって、子供にとって、人生における最初のお師匠さまかもしれないでしょう？　生きていく道を最初に示してくれる人。わたしにとっての百登枝先生は、そういう大事な人です。おこがましいけれど、わたしもそんなふうになりたい」

勇実は胸をつかれたような心地だった。いや、頭をがんと殴られたような心地でもある。

人生における最初の師匠。そんな自覚など、勇実にはない。

勇実は、目の前にいる筆子のことで精いっぱいだ。父が唐突に筆子たちを遺していなくなったから、勇実が引き継いだ。そのままずるずると今に至っている。

筆子たちはかわいいが、それよりも、自分の学びを深めていきたいという身勝手な望みのほうが強い。万が一にも人生の師匠だなどと言われてしまったら、恥ずかしさのあまり、穴を掘って隠れたくなる。

菊香がまぶしそうな目をして千紘を見ていた。

「千紘さんはすてきですね。きっとその望みのままの道を歩んでいけると、わたしは思います」

「ありがとう、菊香さん」

「うらやましいことです。わたしには、胸を張ってこれだと言えるほどの望みなんて、一つもありませんから」

菊香は目を伏せた。

何でもできるようでいて、何かを望むことができない。何でも持っているようでいて、一つを選ぶことができない。やはり菊香は勇実と少し似ている。

どうか菊香さんが幸せな道を選んでくれますようにと、勇実はひそかに望んでしまう。

ああ、この望みだけは確かなものだ。けれども、どうやって言葉にしてよいかわからない望みでもある。

西日が差し始めた頃、千紘は月見の団子を手に、井手口家への道を行った。

八丁堀まで帰らねばならない菊香は、一足先に白瀧家を後にした。菊香は護衛を固辞したし、勇実もうろたえた。でも、おもしろがった琢馬が途中まで一緒に行くと言ってくれたので、勇実に菊香を送らせることに成功した。

一方、千紘のほうはといえば、龍治が少し先を歩いている。その足元では、白い子犬の正宗が跳ね回りながら駆けている。

龍治はちらちらと千紘の手にある団子を見た。

「もう一つくらい食っちゃ駄目かな」

「駄目です。百登枝先生だけじゃなくて、若さまも楽しみにしてくださっているんですから」

「井手口家は井手口家で、ちゃんとこしらえてるだろ」

「百登枝先生はわたしの手作りのお団子がいいとおっしゃってくれたんです。本当は筆子の皆と一緒にという約束だったけれど、百登枝先生は風邪がちゃんと治っておられないから、用心して今月は手習いをお休みにするって」

龍治は顔をしかめた。

「ダンホウ風邪か？　去年からしつこく流行《はや》ってるやつ。あれにかかるとひどいっていうだろう？」

「よしてください。ひどい風邪なんかじゃないはずよ。百登枝先生はもともと少し体が弱いから、何でもない風邪が長引いているだけ」

「そうだといいな」

長くない道中で、よく知る顔と出くわした。

北町奉行所《きたまちぶぎょうしょ》の定町廻《じょうまちまわ》り同心、岡本達之進《おかもとたつのしん》と、岡本に手札をもらっている目明かしの山蔵である。

岡本は四十ほどの年頃だが、粋《いき》な着こなしや気さくな人柄のためか、もっと若々しく見える。一方の山蔵は、気ままなところのある岡本の下で気苦労が絶えないせいか、三十五という年より老けている。

正宗がぴたりと立ち止まり、不思議そうに、くうんと鳴いた。

子犬の黒い瞳に見上げられた岡本は、顔をほころばせて屈み、正宗に手を差し伸べた。

「匂いがわかるんだな。そうだ、おまえのご主人さまのところに行ってきた帰りだ。ご主人さまは怪我の治りが早いようだな。俺もほっとしたぞ」

正宗は岡本の掌の匂いを嗅ぎ、頭をこすりつけた。岡本はねだられたとおり、正宗の頭を撫でてやる。

千紘は問うた。

「田宮心之助さんのところに行ってこられたのですか。何か調べておられるんですね？」

山蔵がのっそりとうなずいた。

「心之助さんに怪我を負わせた連中のことでさあ。岡本さまが放っておけねえってんで、話を聞きに行ってきたところですよ。調べよという、お上の指図があったわけじゃあねえんですが」

岡本は顔をしかめた。

「運の悪いことに、厄介《やっかい》なやつに絡んじまったらしい。やくざの胴元とまでは言わんが、浅草新鳥越町あたりの若いごろつきどもに一目置かれてるのが、牛太《ぎゅうた》郎《ろう》という野郎でな。話を聞くに、心之助を袋叩きにしたのが、まさにその牛太郎らしい」

龍治は険《けわ》しい顔をした。

「そんな危ういやつが野放しになってるってのか」

「奉行所の役人の一人として、大っぴらに話したいことじゃあないんだが、牛太郎の親父は同心だ。隠し子とはいうものの、俺を含め、多くの者がこのことを知っている。牛太郎率いる火牛党《かぎゅうとう》が何をやろうが親父がうまく揉み消しちまうことも、とっくにわかっている」

「何ですか、それは。ひでえ話だ」

「憤るのはもっともだ。しかし、奉行所には付け届けを受け取っている者も多いようで、簡単には手を出せねえ。やるなら、戦だな。兵も武器も揃えて本気でぶつかり合う戦だ」

「やるつもりなんでしょう？」

龍治の問いに、岡本は小さく笑った。

「いずれやってやりたいが、今はまだ味方が足りんな。しかし、心之助が庇《かば》ってやったという女中たちの安否くらいは確かめておきたい。地道に素早くこっそりと、動いてみるさ」

「兵が入り用なら、俺を誘ってくださいよ。俺は木刀でも真剣でも使えます。人に剣術を教え、刀を取らせることを仕事にしているんだ。俺自身、命を張る覚悟はできてます」

岡本はすっくと立ち上がると、正宗を撫でていた手で、龍治の肩をぽんと叩いた。

「頼りにしている。何かあれば知らせよう」

「待ってますよ」

「うむ。それじゃあ、逢い引きの邪魔をして、すまなかったな」

岡本はひらりと手を振ると、歩き出した。山蔵がにやりとして、岡本に付き従う。

龍治は、西日を浴びる赤い顔で怒鳴った。

「いちいちからかわないでくださいよ！　そういうのは耳にたこができてんだって！」

岡本は、よく通る声でからからと笑った。

からかいなど、耳にたこができるほど聞かされている。それは千紘も同じだ。なのに、なぜだろう。からかわれるたび、胸の鼓動が高鳴る。どきどきと打つ音は、前よりずっと大きくなったようにも感じられる。

龍治はしかめっ面で言った。

「さあ、千紘さん、行こうぜ。百登枝先生が待ってんだろ」

「そうね。暗くなって寒くなったら、百登枝先生のお体にも障《さわ》るわ」

慣れた道を速足で行って、千紘は井手口家の勝手口におとないを入れた。顔見知りの下男は、申し訳なさそうに頭を下げた。

「大奥さまは、今はちょっとお加減が優《すぐ》れないようで」

「ええ、そうかもしれないとは思っていました。お団子だけ渡してもらえます？わたしが友達と一緒に作ったものです」

「お渡しします。大奥さまも楽しみにしておられましたよ。それに……」

言いかけたところで、下男は、あっと声を上げた。

千紘も同様だ。

「わ、若さま」

普段は勝手口などに自ら足を運ぶことなどあるまいが、悠之丞は付き人も伴わず、ただ一人で勝手口に姿を見せた。優しげな丸顔をほころばせている。

「祖母の名代《みょうだい》だ。月見の団子は私が預かろう。千紘どの、ありがとう」

「いえ、本当は百登枝先生と一緒に作るはずだったのに、仕方ないけれど、ちょっと残念です。百登枝先生のお加減はどうなのですか？」

「大したことはないと祖母は言っている。寝ついているわけでもない。暖かい昼間のうちなら、ひどく咳《せ》き込《こ》むこともないし、筆子の皆と話をするにはまだ体がついていかぬとしても、千紘どのには会いたがっている。それで、その……」

悠之丞は下男の手から団子を受け取りながら、顔を伏せた。それでも、六尺に届きそうなほどの上背のせいで、照れて戸惑う悠之丞の顔は、千紘の目にも映ってしまう。

若さまの心の臓の音が聞こえてきそう、と千紘は思った。そのせいで、千紘の胸もどきどきしてしまった。

少し下がったところにいた龍治が、大げさに息をつきながら踏み込んできた。

「気を張り詰めましょう。気迫、気力で負けてはなりませんと、稽古のたびに親父も俺も若さまにお伝えしているはずですよ」

悠之丞は、初めて龍治の姿に気づいた様子で、ぎょっと目を見張った。

「龍治先生……」

「千紘さんは話が長いんで、帰りは暗くなると思いまして、用心棒代わりについてきました。おてんばが過ぎる千紘さんでも、年頃の娘には違いないんでね」

「ちょっと、龍治さん、いくらわたしが相手だからって、そんな言い方は失礼です」

「はいはい」

悠之丞は目を白黒させていたが、ふっと顔つきを和らげた。そして千紘に言った。

「もうすぐ、祖母が生まれた日が来るのだ。九月の二十日、庭にたくさんの菊が咲いていた頃に、祖母は生まれたらしい。今年はその日にちょっとした茶会をしようと祖母に言ったら、喜んでくれた。だから、千紘どのも来て、一緒に祝ってくれないか？」

「お祝いですか」

「祖母が生まれた年から数えて、六十七回目の九月二十日だ。蘭学に詳しい先生が言っていたが、西洋の国々では、生まれた日を祝うものだという」

千紘は微笑んだ。

「すてきだと思います。では二十日、百登枝先生のお祝いのために、こちらにまいりますね」

「よろしく頼む。詳しいことは、追って手紙で知らせる。それでよいか？」

「ええ、お待ちしています」

悠之丞はほっとした顔で微笑んだ。龍治に向き直り、稽古の後のように、さっと礼をする。龍治もそれに応じてから、やれやれと首を振って笑った。

「慎み深いのは若さまのいいところでもありますが、自分の望みをきちんと言葉にするのも大事でしょうよ。まあ、俺もそう上手にできるわけじゃあないけどさ」

龍治は、袴の裾にじゃれついている正宗を抱え上げた。

悠之丞はぱっと顔を明るくした。

「かわいいな。その犬はどうしたのだ？」

「知人から預かってるんですよ。若さまも犬が好きですか？」

「小さな生き物は好きだ。あまりさわったことはないが」

「今度、千紘さんと一緒にこいつも行かせましょうか？　それとも、百登枝先生の体に障っちまうかな。咳が出るんなら、毛のある獣がそばにいるのはよくないと聞きますけど」

悠之丞は正宗に指を差し出した。正宗は人見知りすることなく、悠之丞の指をぺろりと舐めた。

「祖母に訊いておく。もし祖母が望むなら、この犬も一緒に来てほしい。名は何というのだ？」

龍治が答えた。

「正宗ですよ」

「まるで名刀だな。よい名だ」

勝手口の向こうに、人が近づいてくる気配があった。悠之丞の付き人か何かだろう。小声で呼ばれ、悠之丞は残念そうに顔を曇らせた。

「では、そろそろ私は部屋に戻る。千紘どの、龍治先生、いろいろとありがとう」

こちらこそ、と千紘は言った。頭を下げているうちに、悠之丞は勝手口の向こうに引っ込んでしまっていた。

あっという間に日が暮れ、夕闇が迫っている。少し欠けた形の十三夜の月が明るい。ひんやりとした色の空に、星がまたたき始めた。

さっさと歩き出した龍治に、千紘は急ぎ足で追いついた。

「龍治さんは、百登枝先生のお茶会に来ないのですか？」

「誘われてねえだろ。それに、俺は道場がある」

「わたしと正宗ちゃんだけ？」

「そのほうが若さまは嬉しいんじゃねえかな。剣術の師匠がそばにいたんじゃ気詰まりで、惚れた相手を口説くことも、おちおちやってらんねえだろ」

いつになく荒っぽく、龍治は言い放った。

千紘は思わず足を止めた。

「何よ、それ」

龍治は振り向かなかったが、声だけは明るい調子で言った。

「さあ、帰って月見の団子を食おうぜ。若さまだけじゃなくて、俺も楽しみにしてたんだよ」

千紘はせかせかと足を交わした。

「龍治さん、正宗ちゃんの毛があちこちついてます」

「じゃあ、取ってくれよ」

「嫌です。自分でやってください。おばさまやお光《みつ》さんの手を煩《わずら》わせるのも駄目ですよ」

龍治の歩みが遅くなった。千紘は追い抜いてしまう。

ぽつんと龍治がつぶやくのが聞こえた。

「何でだよ」

千紘は振り向かなかった。答えることもしなかった。

速足で歩く千紘の後ろを、龍治はのろのろとついてきた。正宗は行ったり来たりしていたが、しまいには困ったような顔になって、くうんと鼻を鳴らした。

第三話　叶わざる望み

一

馬喰町の旅籠通りにある水茶屋の更紗庵《さらさあん》に、千紘は菊香を誘った。一月近くも逡巡《しゅんじゅん》し続けて、ようやくのことだった。

通りには旅装の人々が行き交っているが、その多くは男だ。更紗庵の客も男が多いようだった。さすがの千紘も少し気兼ねして、いらっしゃいと声を掛けてくれたおかみに問うた。

「そこの格子窓のところの床几《しょうぎ》、座ってかまいませんか？」

四十ほどの年頃の婀娜《あだ》っぽいおかみは、思いのほか、気っ風のよい笑い方をした。

「ああ、ぜひ座っとくれ。若くてかわいい娘さんたちがおしゃべりしてるのが外から見えりゃ、客の入りもよくなるってもんですよ」

千紘と菊香は窓のそばの床几に腰掛け、お茶ときんつば焼きを注文した。温かいお茶が運ばれてきても、千紘は気もそぞろで、窓の外を見やっている。

通りを隔てて、間口の狭い旅籠がある。沢姫屋という幟《のぼり》が掲げられている。

千紘のまなざしを追って、菊香が問うた。

「あの沢姫屋という旅籠に何かあるのですか？」

「ええ、ちょっと。後でちゃんと話しますから。あの、菊香さん、一緒に来てくれてありがとうございます」

「かまいませんよ。近頃、千紘さんは気掛かりなことがあるのでしょう？　井手口家の若さまのことも、困っているのではありません？　わたしでよければ、何でも聞きますよ」

千紘は、ふうと息をついた。

「若さまのことは、何と言ったらいいかしら。わたしと若さまが親しくお話ししていると、百登枝先生が喜んでくださるから、わたしはそのことが嬉しいの。若さまもそう。百登枝先生のことをとても大切にしていらっしゃるから、わたしをお招きしてくださる」

「菊の花を見ながらのお茶会の後も、幾度かお招きを受けたんですって？　龍治さまが仕掛け人になっていたそうですね。貞次郎からそう聞きました。あの子、悶々《もんもん》としていましたよ」

「悶々と？　なぜ？」

菊香は、貞次郎の口調を真似して言った。

「龍治先生は千紘さんのことが好きなんだとばかり思っていたけれど、違うのかな。恋敵《こいがたき》に塩を送るなんて、龍治先生は一体、何を考えているんだろう？」

千紘はお茶を喉に引っ掛けそうになって、目を白黒させた。

「やめて、菊香さん」

「貞次郎の真似、上手でしょう？」

「そっくりでしたけど、急に何事かと思ったわ。びっくりさせないでください」

菊香は声を立てずに笑った。

「こんなふうに貞次郎が言っていたんですよ」

「まったくもう、矢島道場の皆はそうやってからかうんだから。うちと矢島家の間で約束があるわけでもないのに」

「千紘さんはどう思っているのですか？　龍治さまとのこと、これからどうなったらいいと望んでいるのですか？」

とっさに、千紘はきょろきょろと周囲をうかがった。今ここには、聞き耳を立てている人などいない。口の堅い菊香が親身になって話を聞いてくれている。それだけだ。

千紘は白状した。

「いちばん正直な気持ちを言うと、今のまま何も変わらないなら、それがいちばんほっとします。だって、まわりの皆がからかうような、龍治さんと所帯を持つだなんていうのは、思い描こうとしてもしっくりこないんだもの」

「それは、相手が龍治さまだから？」

「たぶん」

「近くにいすぎたから、でしょうか？」

「龍治さんは兄のような人で、でも兄上さまよりわたしのことをちゃんと見てくれていて、わがままも聞いてくれる。わたしは、子供扱いなんかされるのは嫌なはずなのに、龍治さんには子供扱いされていたい」

言葉を裏返せば、龍治に一人の女として見られるのが怖い、ということだ。龍治の中にも男の欲があるのだと、それは確かなことであるはずなのに、千紘は考えたくもない。

千紘は頭を抱えた。

「兄上さまが十八の頃に女の人と会っていたという話を聞いて、初めは本当に驚いて、気持ち悪いと思ってしまったの。でも、時が経って、そのことは受け入れられるようになった。過ぎたことは、過ぎたことですもの。考えたくないのは、自分のことと、これからのこと」

　そして、龍治のことも。

　龍治の汗ばんだ肌を見てどきどきしてしまう自分が嫌だ。たまに感じる、龍治のひどく真剣なまなざしには気づかないふりをしている。龍治の部屋のどこかに隠してあるらしい艶本《えんぽん》のことを思い描くと、無性にいらいらする。

　菊香はふと、うつむいた千紘の口元に触れた。

「上の空で食べるから、ここにきんつば焼きのかけらがくっついていましたよ」

　ほら、と千紘に見せてから、菊香はそれを自分の口元に運んだ。ちろりと舌で舐める。行儀の悪い仕草のはずが、菊香がすれば、どきりとするほど愛らしい。

　菊香の着物から、いつものくちなしの香りがした。

「菊香さんは？　これからのこと。何か望んでいることがあるの？」

「さあ？　わたしも千紘さんと同じ。これからのことは考えたくない。今のまま変わらないなら、それがいちばんいいように思っています。千紘さんがお嫁に行ってしまったら、わたしは本当に取り残されてしまうから」

「菊香さんのほうが先にお嫁に行くかもしれないわ」

「そうなるはずだったのに、止められてしまいました」

「止めるに決まっているでしょう。菊香さんの身にひどいことが起こらなくてよかったわ」

「深川でも八丁堀でも、父や貞次郎のお勤めのほうでも、あのときのことは噂が広がってしまって、しばらくは亀岡家の娘に縁談を持ってくる人はいないでしょう。少しでもおかしな振る舞いをすれば、荒事《あらごと》向きの弟が鉄火《てっか》のごとく怒るのですから」

「おかしな振る舞いをしない人なら、貞次郎さんも許してくれるんでしょう？　そういう人はいないの？」

　少し間をおいて、菊香はそっと口を開いた。

「千紘さんが言いたいのは、勇実さまのほかに、ということですか？」

「兄上さまでいいなら、菊香さんに差し上げます」

　菊香は相好を崩した。ころころと、きれいな声で笑う。

「いけません。わたしのような傷物を押しつけられては、白瀧家にも傷がついて、汚れてしまいます。わたしは二度も縁談が駄目になった、どうしようもない傷物なのですよ。勇実さまにはもっとふさわしい人がいるでしょう」

「そんなことない。傷物だなんて、なぜそんなことを言うんですか？　菊香さんは、自分をもっと大切にしないと」

菊香は小首をかしげた。口元には笑みが残っている。

「治らない病か癒《い》えない傷、と言い表せばよいかしら。わたしは、ごく幼い頃のこともよく覚えているのです。幼い思い出の中で、父や母やいろんな人が何気なく言うのですよ。男の子ならよかったのに、と。幼いわたしは悟っていました。女の子のわたしは、いらない子」

「そんな……お家を継ぐためには男の子が必要で、そういう意味では確かに、武家ではそういう言い方をされることがあるかもしれないけれど……」

「今、頭で考えれば、わかりますよ。生まれてきた子が愛《いと》しいかどうかと、その子が跡取りとしての役割を果たせるかどうかは、親にとっては別々のことでしょう。でも、わたしは真に受けてしまった。男の子ではないのに生かしてもらっていることが申し訳なかった」

「ずっとそう思ってきたの？」

「ええ。二つか三つの子が大人の言葉を聞いて、意味をきちんとわかって、しかもずっと覚えているなんて、誰も思わないのでしょう。父が幼いわたしに竹刀《しない》を握らせたのも、男の子が得られなかった代わりに違いありませんでした。わたしはそれを察して、父の願いをかけらでよいから叶えたいと、稽古に励みました」

「菊香さん、悲しすぎるわ、そんなの」

「貞次郎が生まれてくれて、わたしはほっとしたんです。この子はわたしとは違う、皆に望まれて生まれてきた子。わたしにできないことを、生まれながらにして、すべてできてしまう子。わたしはこの子を人一倍、大事にしないといけない。そう思った」

千紘は菊香の手を握った。菊香は千紘の手を握り返し、にっこりした。泣くことも怒ることもしない代わりの、絵に描いたように美しい笑みだった。

「ね、治らないんです。忘れることもできないんです。わたしは、いらない子。どうしても、そう思ってしまう。これ以上、いらないと言われないためには、どうすればいいかしら。何をするときも、わたしはそんなふうに考えているんです」

千紘はかぶりを振った。

「わたしにとって、菊香さんは必要な、大事な人よ。傷物だとも、いらない子だとも思ってない。やっぱり、兄上さまには任せておけないわ。兄上さまじゃ頼りないんだもの。わたしが菊香さんのことをこの世でいちばん大事にしてあげたい。それができたらいいのに」

菊香は、千紘と握り合った手を、もう一方の手でそっと包んだ。

「千紘さんのその気持ちだけで、生きていけそうです。これが男と女の仲ならば、わたしは、駆け落ちしてでも一緒になりたいと望むところでしょうね」

ごく近いところで見ると、菊香の目は色が薄い。透き通って、きらきらしている。千紘は、その目に吸い込まれるような心地がした。

そのときだ。

通りのほうから、知った声が聞こえてきた。

「それじゃあ、行ってらっしゃいまし。道中、気をつけとくれよ。また江戸に出てくることがあったら、沢姫屋をどうぞご贔屓に」

気さくで温かな見送りのあいさつだ。その声は艶《あで》やかだが、さっぱりと歯切れのよい印象でもある。

千紘は格子の隙間から通りを見やった。

おえんが、すらりとした手を振って、旅籠の客を見送っている。

菊香も、千紘が身を固くして表を見ているわけに気づいたらしい。声をひそめ、千紘に確かめた。

「半年ほど前に、勇実さまを訪ねてきた人でしょう？　怪我をしているのに、それを隠していた人」

「ええ。おえんさんというんです。兄上さまの昔の、その、知り合いというか……」

「恋仲だった？」

千紘は気まずく思いながら、素直にうなずいた。

「そうらしいんです。すっかり縁が切れていたみたいなんだけど、あのときは、おえんさんも行くあてがなくて、どうしようもなかったんでしょうね。兄上さまを頼ってきて、なのに、わたしが追い返してしまった。それで、ずっと気になっていて」

「だから、沢姫屋の様子が見えるこの茶屋に入ることにしたのですね。おえんさんがどうしているか、知るために」

「訪ねていけばいいのかもしれない。でも、どうしても、それができずにいるんです。わたしは、憎まれて当然のことをしてしまったのだから。その思いを向けられるのが怖くて」

「おえんさんも、きっと同じことを思っていますよ。あの人は、笑顔で去っていったでしょう？　怒ったり憎んだりする代わりに、精いっぱいの誇りを込めて、姿を消すことにしたんですよ。それを覆《くつがえ》されたら、どんな顔をすればいいのかと、困らせてしまうでしょう」

「菊香さん、わたし、どうすればいい？」

「どうしましょうね。ですが、おえんさんがここで幸せに過ごしているのなら、黙って去ってもいいのではないでしょうか？」

「あのね、実は、おえんさんが幸せかどうか、ちょっと怪しいんです」

千紘はひそひそと話しているつもりだった。しかし、千紘の声は切羽《せっぱ》詰まって、少し上ずっていたかもしれない。

更紗庵のおかみが、客を見送ったそのついでに、千紘と菊香に声を掛けた。

「お嬢さんたち、おえんさんの知り合いかい？　いや、通りにあの人が出てきた途端に顔色を変えて、おえんさんがどうのこうのって内緒話を始めたでしょ。気になっちまいましてね」

　千紘はは っとした。

「おかみさんは、おえんさんのことをご存じですか？」

「この近さでしょ。毎日顔を合わせてますよ。湯屋で会えば、世間話もするしね」

「おえんさんって、どんな人だと思います？」

　おかみは目をぱちぱちさせると、豪快に笑った。

「あたしゃ、あの人のことが好きですよ。色っぽくて、でも媚びを売るようなところはない。女っぷりがいいってやつだね。ま、あまりにいい女なんで、女には妬《ねた》まれやすいかもしれませんね。男絡みの苦労もいろいろしてきたみたいだし」

「何かそういう話も聞きました？」

「いや、おえんさんは口が堅いんですよ。身の上話に乗ってくる人じゃあない。身持ちも存外堅いみたいだし、信用できる。だから、沢姫屋なんかじゃなくてうちにおいでって、しょっちゅう誘ってんだけどねえ」

「沢姫屋なんか？　沢姫屋さんは評判が悪いんですか？」

「おかみと女中らの根性が悪いんですよ。新入りの女中や下男は、あっという間に辞めていくんです。おえんさんは粘ってるけどね。あんなとこで身をすり減らすのはやめりゃあいいのに、紹介してくれた人の顔を潰しちまうからそれはできないって、頑固なんだから」

千紘は思わず、通りのほうに向き直った。おえんはもう沢姫屋に引っ込んでしまっていた。

菊香がため息交じりに言った。

「心配ですね」

おかみは胸に手を当てた。

「次におえんさんと湯屋で会ったら、心配してる人がいたってことを、あたしがちゃんと伝えておきますよ」

「お願いします。でも、武家の娘がとか、そういうことは言わないでください。おえんさんにかえって気を遣わせてしまうから」

「わかってますよ。いやぁ、あたしゃ、ほっとしましたよ。おえんさんにもまともな知り合いがいるんだわ」

「えっ、おえんさんって、まともじゃない知り合いがいるんですか？」

「いるんじゃないかしら。つい昨日、岡っ引きがおえんさんのことを訊きに来たんですよ。嫌よねえ、岡っ引きって。眉なんかこんなに吊り上げて、怖い顔して詰め寄ってくるんだから」

「目明かしが調べに？」

「おえんさんが悪いことしたってんじゃあないですよ。岡っ引きが聞きたがってたのは、おえんさんが前に働いていた料理茶屋のこと。おえんさんはちょうどお使いに出てて話せなかったんで、代わりにまわりに訊いて回ってたんだって」

「おかみさんは、おえんさんからその料理茶屋の話を聞いたことがあったんですか？」

「ちっとも。言ったでしょ。おえんさんは口が堅いんですよ。昔のことなんて、一つも聞かせてくれないんだから」

菊香が千紘に目配せした。千紘も察した。

半年ほど前におえんと会ったとき、おえんは怪我を隠していた。ひどく困っていたせいで、二度と会わないはずだった勇実を頼ってきた。それはひょっとして、目明かしが今調べているという料理茶屋と関わりがあるのではないか。

おかみのいる前でその話をするのは憚《はばか》られる。

千紘は、ふと思い出したことがあって、おかみに尋ねた。

「前に、おえんさんが子供を拾って育てているという噂を聞いたんです。本当でしょうか？」

おかみは当たり前のようにうなずいた。

「本当ですよ。子供といっても、幼子じゃあないけどね。お嬢さんくらいの年頃じゃあないかしらね。その子のほうから、おえんさんを訪ねてきたのさ。あたしもちらっと見掛けて、あたしゃその子は男の子だと思ったんですけどね。沢姫屋の女中は、派手な着物の娘だって言ってましたねえ」

「男か女かわからない、わたしと同じ年頃の人？」

「若衆姿《わかしゆすがた》の男の子に見えたんでね、あたしゃ勝手に思い描いちまったんだけどさ、生き別れの子供なんじゃないかってね。若衆姿に身をやつして苦労して生きてきた息子が、おっかさんを訪ねてきたんじゃないかって」

千紘は驚かされたが、おえんの年を考えれば、あり得ないことではない。

とっさに言葉を継げなくなった千紘に、おかみは笑った。

「あたしが勝手に思い描いた話ですよ。本当のところはわかんないの。でも、おえんさんがその子を引き取って養ってるのは確かなことで、いつも二人ぶんのお菜《さい》を買って帰ってるんですよ」

千紘はどうにか口を開いた。

「おえんさんが一人ではないのは、いいことかもしれませんね」

「そうそう、励みになってるみたいですよ。ねえ、何があったか知らないけど、ふさぎ込んでちゃ、時がもったいないもんねえ。おえんさんはそのあたりをよくわかってる、本当にいい女ですよ」

おかみの言葉を聞きながら、千紘はどことなく不安を感じてもいた。

おえんがおかしなことに巻き込まれていなければよいのだが、と思った。

二

汐見橋《しおみばし》を渡ったとき、昔の恋人とすれ違った気がした。

おえんは思わず振り向いた。

いや、見間違いだ。他人の空似だ。あの頃のあの人に後ろ姿の背格好が似ているが、回り込んで確かめれば、きっとまるで違う顔をしているだろう。

半年ほど前に再会したとき、すっかり見違えた、と驚いたではないか。線の細い坊やだったのが、立派な大人の男になっていた。

おえんは、笹の葉にくるまれたお菜を胸に抱え直した。中身は、炒《い》り豆腐《どうふ》とすり身揚げだ。二人ぶんの晩のおかずにするには、いくらか多い。余ったぶんを残しておけば、明日の昼、壱《いち》が一人で食べるだろう。

大伝馬町《おおでんまちょう》二丁目の裏長屋へと、おえんは足を急がせる。

壱は、暗くなっても冷え込んでも、おえんが帰るまで火を使わない。右腕がうまく動かず、左手も力が入りにくいのだ。口や足を使って、身の回りのことは器用にやってのけるが、火をおこそうとはしない。

暗く冷えたところに身を置きたがっているように見える。明かりやぬくもりを恐れているようにも見える。

そのくせ、おえんに世話を焼かれることを受け入れている。子供というより、気まぐれで寂しがりやの猫のようだ。

裏長屋の木戸をくぐると、夕餉の味噌汁の匂いが漂ってきた。木戸から二つ目にあるおえんの部屋は、いつものとおり、暗がりに沈んでいる。

おえんは部屋の戸を開けた。

「ただいま」

声を掛ければ、畳んだ布団のそばで、もぞもぞと動く影がある。

壱だ。

「おかえり」

「寝てたのかい？」

「うん。昼間、子守りをさせられて疲れたから」

「子守り？　長屋の子供たちの？」

「隣のおばさんに言いつけられた。子供たちに字を教えろって」

「あら、いいじゃないの。どうだった？」

「一応やってみたけど、左手でうまいこと教えられるはずもねえだろ。この手じゃあ、筆もろくに動かせないんだ」

おえんは手早くかまどに火を入れた。飯は朝に炊《た》いたものがあるから、湯を沸《わ》かし、漬物を載せて湯漬けにする。買ってきたお菜も、壱がいるから、鍋に移して温める。

自分ひとりなら、暮らしぶりはもっと、いい加減だ。前にいっとき住んでいた浅草新鳥越町の長屋では、米を炊くことさえしなかった。一人住まいの部屋は、くたびれ果てて眠るだけの場所だった。

壱は裸足《はだし》で土間に降りてきた。

「今日のおかずは何？」

「菜っ葉の入った炒り豆腐と、魚のすり身の揚げたものよ。すり身揚げはね、味見させてもらったら、おいしかったの。甘辛い味つけで、ねぎや生姜《しょうが》やごぼうの刻んだのも入ってるんだよ」

ふぅん、と壱は鼻唄のような声を上げた。興味があるのかないのか、横顔をうかがっても、よくわからない。

十九だと言っていたが、もっと幼い感じがある。あまりに痩せて華奢《きゃしゃ》で、月代《さかやき》も伸びきっているから、若い娘に見えるほどだ。

壱というのは、本当の名ではない。

初めて名乗ったとき、この若者は病みついており、声がかすれていて、おえんはうまく聞き取れなかった。吉《きち》か七《しち》と言ったのかもしれないし、吉次郎《きちじろう》だか七太《しちた》郎《ろう》だか、もう少し長い名のようにも聞こえた。

だが、この若者は「壱というの?」と問い返したおえんに、ただうなずいた。本当の名をおえんに告げるつもりはないらしかった。

作り物めいた横顔を見つめていると、壱は、ぷいとそっぽを向き、土間に腰掛けて背中を丸めた。いじけたような上目遣いをする。

「じろじろ見るなってば」

「きれいな顔してるから、つい見ちまうのよ。背筋を伸ばしてしゃんとしたら、男前にも見えるんじゃない？　あんたは読み書きもちゃんとできるんだし、身の振り方はあるでしょ」

「嫌だよ。俺はまともな暮らし方なんて知らない」

壱は、おえんのそばでは背中を丸めていることが多い。本当は壱のほうが背が高いのに、おえんよりも小さいふりをするかのようだ。

もうずっと前からこんな暮らしをしているような気がする。

実のところ、壱と出会ってから半年にも満たない。

夏の盛りのある日、壱は、おえんの部屋の戸の前で膝を抱えていた。いくらか擦り切れた、鮮やかな色の女物の小袖をまとっていた。

長屋の住人は、おえんと縁のある女郎か何かだろうか、と思っていたらしい。身元の怪しい者ではないか、声を掛けたほうがよいものかと迷っているうち、夕暮れ時になって、おえんが仕事から戻ってきた。

そのときにはもう、壱は暑さにやられて、ぐったりしていた。熱を出し、一時は水を飲ませても吐き戻すようなありさまだった。

名前も素性もわからなかった。なぜおえんの部屋の前で行き倒れていたのか、心当たりもなかった。それでも、すっかり弱った壱を、おえんは捨て置けなかった。

汗を拭いてやるために着物を脱がせたら男だったことには驚いたが、痩せて子供じみた体に哀れみを覚えもした。おえんの目に映った壱の姿は、男ではなく子供だった。

ずっとずっと昔、十八だった頃に、おえんは一度、おそらく身ごもった。月のものが来なくなって三月目に、急な痛みと共に血のかたまりが流れていった。もしもあのとき産むことができていたら、我が子はきっと、この痩せ細った若者ほどの年頃になっていただろう。そう思ってしまうと、もう他人事《ひとごと》にはできなくなった。

壱がどんな生まれ育ちなのか、見当もつかないままだ。

悪い道を歩んできたのかもしれない。

右肘の深い刀傷は、真っ当に生きていてうっかりできるようなものではない。左手は、親指の骨が折れた後に手当てをしなかったようで、おかしな具合に固まっている。両の掌には、何かの道具を握り慣れていたのだろう、たこやまめの痕《あと》があった。

その両手はもう、きちんとは動かない。右手は肘から先が持ち上がらない。左手にぎゅっと力を入れていられるのはわずかな間だけで、ものを握り続けることが難しい。

熱が下がり、起きられるようになっても、壱はおえんの部屋を出ていこうとしなかった。おえんも壱を追い出すつもりはなかった。

「おっかさんと呼んでもいいんだよ」

冗談でそんなふうに言ってみた。だが、壱は真に受けた。ほかに人がいるとき、例えば井戸端で長屋の住人に声を掛けられたときなどは、おえんのことを「おっかさん」と呼ぶようになった。

粗末な箱膳に夕餉を盛りつける。

おえんは長いこと一人きりで生きてきた。自分のための食事など、ろくに作りもしなかった。盛りつけなんて、言うまでもない。恋仲の男がいたときでも、おまんまを出してやったりはしなかった。

子供がいれば、変わるものだ。買ってきたお菜でも、ちゃんと温めて皿に出してあげたいと思う。ひと手間かけることが、なぜだか楽しい。

茶碗を持ち上げられない壱は、左手で匙《さじ》を使って湯漬けを食べる。掻き込むことができず、そろそろと匙を動かすせいで、壱の食べ方は妙に行儀がよい。すり身揚げは串に刺してやった。炒り豆腐は、匙では少し食べにくそうだ。おえんは、手伝おうかと申し出たが、壱はむっとした顔で首を左右に振った。黙々と夕餉を平らげる壱を、おえんは差し向かいで見つめる。会話はほとんどない。壱が身の上を明かしたがらないのと同じで、おえんも昔語りをするのは苦手だ。忘れてしまいたいほど悔しいことや恥ずかしいことがあまりに多すぎる。

夕餉を終え、茶碗や皿を拭いながら、おえんは壱に尋ねてみた。

「ねえ、壱。あんた、いつまでここにいたい？」

息を呑む気配があった。硬い声が返ってきた。

「なぜそんなことを訊く？　ここを離れるつもりでもあるの？」

「違うわよ。仕事はそのうち変えるかもしれないけど、あんたを放り出したりはしないわ」

「でも、急にそんな話をするなんて、何かあったんじゃない？」

おえんは箱膳をしまい、振り向いた。

壱は、丸めた夜着《よぎ》を抱きしめて、怒った顔をしていた。違う、怒っているのではない。怯《おび》えて毛を逆立てる猫のようなものだ。

「あんた、白瀧千紘ちゃんのことを知ってるんでしょ？　今日ね、どうやら千紘ちゃんがあたしを訪ねてきてくれたみたいなのよ」

沢姫屋の向かいの更紗庵のおかみが、わざわざ教えてくれたのだ。

ねえ、おえんさん。あんたを案じている人がね、うちに寄ってくれたんだよ。ああ、男じゃあないよ。そんなに顔色を変えなさんな。昔の男になんか追われたくないよね。

話を聞くうち、おえんは、きっと千紘だと勘づいた。更紗庵は一階が水茶屋で、二階は宿になっている。千紘は水茶屋のほうに訪ねてきたのだろう。

壱は、千紘の名を聞いた途端に強張《こわば》った顔を、さっと伏せた。呻《うめ》くように言う。

「知らねえよ。もう忘れた」

「そう。だったら、この話はおしまい」

壱は、まだ寝ついていた頃に一度だけ、身の上話のようなものを口にした。矢島龍治って知ってるだろう？　白瀧千紘と、その兄の白瀧勇実を、あんたも知ってんだろう？

熱に浮かされて潤《うる》んだ目をして、壱は宙を睨みつけながら、おえんにそう問うた。

おえんは、どう答えようか迷った。黙ってしまったおえんの手に、壱が触れた。ぎゅっと握ったつもりだったのかもしれないが、その力は、悲しくなるほど弱々しかった。

子供をあやすような声音《こわね》で、おえんは答えた。白瀧勇実さんのことならよく知ってたけど、昔のことよ。もう忘れた。

壱はうわごとのように言った。俺は恨《うら》んでるんだ、あいつらを恨んでる……か細い声で何事かをつぶやき続けていたが、あとは聞き取れなかった。

恨んでいるとは、ずいぶんな言い方だ。おえんがとっさに思い描いたのは、恋の鞘当《さやあ》てだろうか、ということだった。こっぴどく振られてしまったのだろうか。いずれにしても、この年頃なら子供の喧嘩のようなものだ。

壱が元気になったら、改めて尋ねてみよう。おえんはそういうことにして、弱った壱の面倒を見続けた。

結局、壱はあの後、何も言わないままだった。おえんも問わないままでいる。

壱は何とも危ういのだ。おかしな触れ方をしたら、あっという間に、ばらばらに壊れてしまいそうに思える。

壱が怒りとも怯えともつかない異様なまなざしを宙に向けることは、今でもある。だが、そのまなざしを人に向けることはない。ちょっとでも部屋の外に出るときは、いつもうつむいて、ざんばらの髪の下にきれいな顔を隠している。

夕餉を食べると、くたびれているおえんは、すぐに眠くなる。壱も布団に入るし、一応眠りはするのだが、ようようなされている。

朝方、おえんが目を覚ます頃には、壱は必ず体を小さく丸めている。自分の手に嚙みついていることもある。苦しそうに顔を歪《ゆが》めていることも、頰が涙だらけのこともある。

おえんは壱を起こさず、身支度を整えて飯を炊き、さっと朝餉を食べて部屋を出る。その頃になると、壱も起き出してくることが多い。

「ねえ、あのさ」

出掛けようとするおえんを、夜着にくるまったままの壱が呼び止めた。

「どうしたんだい？」

「なぜ俺を捨てないの？　俺に関わってたら、あんたも地獄に行くよ」

おえんは笑った。

「地獄なんてありゃしないわよ。この世が地獄みたいなもんだもの。死んだらそれっきりでしょ。またこの世に生まれ変わるともいうけどね」

「罪を犯していても？」

「さあ、どうなのかしら。あたしもそれなりに人に恨まれてるし、ひどいこともずるいこともしてきたものねえ。あたしが先に死んだら、あんたの夢枕に立って教えてあげるわ」

壱はかぶりを振った。うつむくと、ざんばら髪に顔がすっかり隠れてしまった。

「そういうんじゃないんだよ……」

おえんは、一度履いた下駄《げた》を脱いだ。壱の傍らに膝を進め、頭を撫でてやる。

「行ってくるわね。ちゃんとご飯を食べるのよ。いい？」

壱の左手がおえんの袖をつかんだ。こら、と、おえんがたしなめると、もとより力の弱い手は、だらりと床に落ちた。

おえんが出ていった後、壱は戸口に心張《しんば》り棒《ぼう》をかった。

壱は昼頃までとろとろとまどろむことが多い。それでは不用心だから戸締まりをするようにと、おえんに言われている。

この部屋に転がり込んでからというもの、長屋の木戸より外に出たことはない。部屋の外に出ることすら、あまりない。こんな手では行水《ぎょうずい》のための水も汲《く》めないから、何をするにもおえん任せだ。

腹が減ったら何か買って食べなさいと、おえんにはいくらかの小銭を渡されている。そんなものを使わなくても、腹はちっとも減らなかった。

俺はなぜここにいるんだろう。

おえんのいない間、膝を抱えて眠りながら、壱はいつも考える。こんなつもりではなかったのに、と悔いる気持ちがある。

かつて、壱は獣だった。

誰にも縛られない、軽やかで残忍な、罪深い獣だった。月の明るい夜には血が騒いだ。ものを奪うのも血しぶきを浴びるのも、楽しくてたまらなかった。

壱の狩り場は、おえんが毎日渡っているという汐見橋のあたりもそうだった。あの界隈《かいわい》には旅籠が多い。江戸に不慣れな旅装の女を襲うのは、とりわけたやすいことだった。

そんなふうに暴れ回っていたのは、わずか一年前だ。去年の暮れに一度しくじった。右の肘に傷を負って捕り方の手に落ちた。

二度目のしくじりは今年の二月だった。月のない夜を選んでしまったのが運の尽きだったと、あのときは思った。左手に傷を負わされ、もう小太刀が使えなくなった。冷たい堀に飛び込んだせいで、その後、ひどい風邪をひいて熱が出た。

凄まじい絶望の中で、恨みだけが壱を突き動かしていた。適当な寺に転がり込んで、しつこい風邪と左手の傷が癒えるのを待った。

武器も金も持たず、両手が共によく利かないとあって、まともな僧は壱に情けをかけた。まともでない僧に出会うこともあったが、そんなときは壱の中に住む獣が牙を剝いた。この身を守ることだけは、両手が使えずともどうにかできた。

壱は、恨みを晴らすための策を考え続けていた。そして、矢島家と白瀧家のまわりを嗅ぎ回るうち、おえんを知った。

この女は白瀧家の兄妹を憎んでいるに違いない、と壱は思った。俺と同じだ。

この女を使えばいい。

おえんは情けの深い、面倒見のよい女だと、周囲の者たちは口を揃えていた。ならば、哀れな俺に涙し、俺に代わって、あのいまいましい連中を殺してくれるはずだ。

そんな都合のいいことを思い描きながら、壱はおえんの住み家《すか》を探し当てた。そこから先はあまり覚えていない。暑気に中《あ》てられて動けなくなったようだ。そもそも二月に熱を出して以来、動けばすぐに息切れするようになっていた。面倒を見てくれた僧は、肺患《はいわずら》いだと言った。すっきりと調子がよい日はなく、たびたび思い出したように熱が上がる。長く起きていられない。

夏が去った頃、一人で身を起こせるようになった。だが、信じられないほど体が動かなくなっていた。傷ついた両手はもちろん、あれほど軽やかに駆けることができた脚も、腹や背中にだって、ろくに力が入らなくなっていた。

捨てられた猫の子みたいに痩せっぽっちねえ、と、おえんは壱に言う。もっと食べろと口うるさい。

いっそこのまま弱って痩せて、雪が溶けるように消えていけたらいい。唐突にそんな望みを抱いたのは、いつだっただろうか。

おえんのことを「おっかさん」と呼んでみた。その途端、泣きたくなった。何もかも忘れて、罪を知らない子供になって、おえんと暮らしていけたらよいと思った。

そんなことは叶わない。おえんは壱のおっかさんでもおかしくない年頃だが、まだ十分に女でもある。いつか壱のもとを離れ、男と一緒になって暮らすに違いない。

そうなったら、壱はおえんを許せないだろう。おえんの相手を生かしてはおけないだろう。おえんに本当の子供ができてしまったら、それも許せないに違いない。

あれこれと思い描くたび、血まみれの自分とおえんの泣き顔が頭に浮かぶ。そんなのは駄目だ。

このまま時が止まってしまえばよい。そうすれば、この都合のいい安らぎの中にたゆたって、壱は罪を重ねずにいられる。吉三郎《きちさぶろう》やお七《しち》という忌《い》まわしい名ではなく、おえんがつけてくれた壱という名のままでいたいのだ。

なぜこんな俺を拾ってくれたのか。

幾度となく、おえんに投げかけた言葉だ。なぜかしらねえ、と、おえんははぐらかす。けれど、独り言をつぶやくのを聞いたことがある。

「みんなに好かれなくったっていい。あたしは欲張りなんかじゃない。大切に思い合える相手が一人いればいいのよ。その一人に巡り会えたらと願ってきた。それがあたしの望み」

その望みを叶えるのは、きっと壱ではない。自分は長くここに留まっていられないと、壱は感じ始めている。

思い返せば、二月の冷たい堀の中で凍《こご》えて死ぬのがいちばんよかった。寺に居着いたまま、呆れられ見捨てられて、野垂《のた》れ死《じ》んでもよかった。おえんの住み家を探る間に、暑熱《しょねつ》にやられてくたばるか番所に突き出されるかして、おえんに出会わなければよかった。

たくさんの間違いが重なってしまったせいで、壱は今ここにいる。何て無様なんだろう。こんな居心地のよさを受け入れてしまうなんて。

壱はまどろんでいた。

唐突に、戸が凄まじい音を立てた。

壱は跳ね起き、息をひそめた。

また戸が鳴った。表で戸を蹴った者がいるのだ。

「おい、出てきやがれ！　おえん、出てきやがれってんだよ！」

男が怒鳴った。壱の知らない声だ。

隣の部屋の戸が開く音がした。

「一体、何なんだい？　その部屋は留守だよ。今は誰もいやしない」

隣に住む大工の女房が迷惑そうに言った。壱がいるのは知っているだろうが、あえて嘘をついているのだ。

「この部屋にゃあ、おえんって女が住んでるだろう。今は留守か」

「ええ？　何だってんだい？」

「ふん、しらばっくれんじゃねえ。無駄足を踏んじまった。沢姫屋のほうだな」

男の声が遠ざかる。足音がやかましい。ばぁん、と凄まじい音がした。男がまた何かを蹴ったのだろう。

音に怯えたらしく、隣の部屋の幼子が泣き出した。

その泣き声に、壱は、はっとした。身を固くして気配を殺していたが、それではいけない。

壱は表に飛び出した。

隣の女房が幼子を抱き締めて青ざめていた。

「何だってんだい、さっきのやくざ者は？　おえんさんってば、あんなのに追われてるのかい？」

木戸のそばに積まれていた桶がばらばらと転がっていた。木戸番の爺さんが仰天している。

壱は総毛立《そうけだ》った。ふつふつと血が沸き立つのを感じた。

「……殺してやる」

食《く》い縛《しば》った歯の奥でつぶやくと、壱は駆け出した。

三

虫の知らせというものは、本当にあるのかもしれない。

昨日、菊香とお茶を飲んできたはずの千紘が妙に沈んだ顔をしていたのが、勇実の胸に引っ掛かった。ぼんやりものんびりもしていられない心地になって、擦り切れかけた雪駄《せった》の鼻緒を替えた。

今朝の目覚めも、不思議なことに素早かった。朝はどうにも体が動かないのだと、日頃は筆子たちの前でも、腑抜けたことを言ってみせるのに。

だから、手習いを始めてすぐ、血相を変えた千紘が矢島家の離れの戸を勢いよく開けたときには、勇実は何となく心の支度ができていた。

「何かあったんだな？」

「山蔵親分が、今すぐ来てほしいって」

千紘は庭のほうを振り向いた。龍治と山蔵が慌《あわ》ただしげに話をしている。

勇実は将太に言った。

「ここを頼む」

「わ、わかりました。捕物ですか？」

千紘がそれに答えた。

「兄上さまの知り合いが騒ぎに巻き込まれているみたいなの。将太さんも筆子の皆も、ここでいい子にして待っていてちょうだい。まだ人に言いふらしては駄目よ」

筆子たちも将太も真剣な顔で「はい」と返事をした。

勇実は千紘から木刀を受け取りながら、龍治と山蔵に合流した。山蔵は、もともと上がりがちの眉をいっそう吊り上げて、険しい顔をしている。

龍治は、舌打ちしそうな苦々しい表情で勇実に告げた。

「おえんさんがやくざ者に連れ去られかけたそうだ。あわやのところで、壱という名の若い男がそれを止め、やくざ者を刺し殺した。この朝っぱらから、そんな騒ぎが起こったんだってさ」

山蔵が話を引き継いだ。

「岡本の旦那があっしを使って調べていた件でさあ。心之助さんも手傷を負わされた、浅草新鳥越町の料理茶屋ですよ。火牛党とのつながりがある店だって話はしやしたね？　おえんってぇ女は、半年ほど前、そこから逃げたんでさあ。同じように料理茶屋から逃げた別の女のところにも火牛党の迎えが行ってるようだったんで、あっしはおえんを調べていやした」

勇実は、ようやく口を挟んだ。唐突に聞かされたおえんの名に驚いて、息が止まっていたのだ。

「なぜその件に関して、山蔵親分が私たちを呼びに来たんです？」

山蔵は目を細めた。

「勇実先生とおえんが昔の知り合いだってぇ話は、たった今、龍治先生から聞きやした。岡本の旦那とあっしは、騒ぎが起こってすぐに、おえんが働いてる沢姫屋に駆けつけたんですがね、そこでおえんが言ったんですよ。壱を連れ戻してくれって。壱は勇実先生と千紘お嬢さんと龍治先生と旧知のはずだから、三人を壱のところに向かわせてほしいって」

勇実は眉をひそめた。

「壱？」

「おえんはそう呼んでいやした。きなくさい素性の者かもしれやせん。何せ、やくざ者がおえんを怒鳴りつける言葉の端々《はしばし》と、やくざ者の着物の派手な赤色から、火牛党の手の者だとわかったらしいんでさあ。しかも、ためらいもなくそいつを刺して、浅草めがけて走っていったってんですよ」

「おえんさんを襲ったことへの報復のため、ということですか?」

「へい。穏やかじゃあねえでしょう?」

勇実は龍治の顔を見た。龍治は訝しそうに首をかしげた。

「壱って男、勇実さんは心当たりがあるか?」

「いや、わからないと思う」

千紘が声を上げた。

「山蔵親分、その壱という人は、おえんさんが養っている子供のことですか?」

「子供だと?」

思わず問い返す勇実を、千紘は制した。

「昨日、おえんさんの身のまわりのことを少し聞いてきたんです。おえんさんは今、生き別れの子供かもしれないと噂されている、十八くらいの年頃の誰かを養っているんですって。一人暮らしではないことが、今のおえんさんの励みになっているみたいなんです」

勇実は、めまいがするような心地だった。頭の中も胸の内もぐちゃぐちゃにな
りかける。千紘が勇実の襟元をつかみ、揺さぶった。
「ぼんやりしないでください。今は感傷にひたっている場合ではないでしょう？
兄上さま、何か知ってますか？」
噛みつかんばかりの勢いの千紘に、勇実は深呼吸をした。
「心当たりはない。おえんさんに実の子供はいないはずだ。おえんさん自身が六
年前にそう言っていた。あの人は、そういうところで嘘をついたりはしない」
山蔵が確かめるように重ねて問うた。
「壱ってぇ男の名にも本当に心当たりはないんですね？」
「ありません。ですが、おえんさんが私たちの名を挙げるというのは、よほどの
ことです。行かねばならないでしょう」
「よほどのことですよ。人が一人、衆目《しゅうもく》の中で刺し殺されたんです。刺された
のがやくざ者で、誰も情けなんぞかけねえとはいえ、いきなりのことだ。馬喰町
の通りは大騒ぎでしたよ」
龍治は、腰に差した木刀の柄に手を添え、眉間に皺を寄せた。
「やくざ者をあっさりと刺せるほどの腕と度胸って、大したもんだぞ。何者なん

だ？」

「壱を目にした人たちが言うには、伸ばしっぱなしの髪に女物の小袖をまとった、ひどく瘦せた男だったと。女にしちゃあ背が高いのと、匕首《あいくち》の使い方がさまになってたんで、男に違いないってぇことでした」

「匕首？　ドスじゃなくて、小《ちい》さ刀《がたな》か」

「やくざ者の腰に差してあったのをさっと抜いて、ぶすりとやったそうです。ざっと亡骸《なきがら》を改めやしたが、迷いのない一刺しでした」

「そいつはますます大した腕だが……何だろうな。心当たりというか、今の話を聞いて、何か引っ掛かってんだけど」

千紘は焦《じ》れた様子で言った。

「とにかく動きましょう。壱という人は、浅草新鳥越町の料理茶屋に向かったのですよね？　わたしたちも行くべきだと思います。おえんさんが助けを求めてくれたんです。こたびこそ、力にならなくては」

勇実はうなずいた。千紘は、泣き出したいのをこらえる顔をしていた。

浅草新鳥越町は、寺社の多い浅草から千住《せんじゅ》のほうへ抜ける街道沿いにある。かっておえんが働いていた、火牛党の根城でもあるというのは料理茶屋があるのはその一丁目だ。料理茶屋の名は赤座屋《あかざや》といって、真っ赤な看板は遠くからでも目立つらしい。

本所のほうからそちらへ向かうには、両国橋を渡り、両国広小路から柳橋《やなぎばし》を北へと渡り、雷門《かみなりもん》のにぎわいを横目にして北へ行く。小高い丘に位置する待乳山聖天と、そのまわりの茶屋や下駄屋を素通りし、山谷堀《さんやぼり》に架かる三谷橋《さんやばし》を渡ってすぐのあたりだ。

真っ赤な看板を目印に、赤座屋へと近づくにつれ、異様な気配が濃くなった。血に怯えて逃げてくる者と、おっかなびっくり様子を知りたがる者とが入り乱れている。

「どいたどいた！　こちとら町奉行所の旦那から手札《てふだ》をもらってんだ。邪魔しやがるならしょっ引くぞ！」

山蔵が荒っぽい声を張り上げると、青ざめた人々が道を開けた。

勇実は千紘を振り向いた。

「来なくてもいいんだぞ。まともではないことが起こっているんだ」

千紘は頑《かたく》なにかぶりを振った。返事を言葉にできないほど息を切らしながら、男の速足についてくる。

　人垣が途切れた。騒ぎの中心である赤座屋の前には、誰も近づけずにいる。

　何が起こったのかと、ひそひそ問う声がある。怯えて引きつった声が答える。

「刃物を持った男が赤座屋にいきなり押し入ったんだよ。もちろん用心棒どもが止めた。でも、あっという間にあのありさまだ」

　赤い着物の男たちが地に転がって呻いている。皆、傷は脚にあるようだ。流れた血で地面が汚れている。

　誰ひとり、怪我人を助けようともしない。いい気味だと吐き捨てる声さえ聞こえた。

　千紘が足をふらつかせた。そばにいた勇実がとっさに支えた。勇実もめまいがするような心地だった。

「まるで悪い夢だな」

　あまりのことで、鼻が利かない。目に映っているはずの血の色も、何色を見ているのかわからない。自分のつぶやいた声でさえ、遠いところから聞こえた気がする。

　顔を腫らした女たちが裸足のまま表に出て、祈ったり拝んだりしている。揃いの着物は裾が妙に短い。裾はわざと割ってあって、真っ赤な蹴出《けだ》しがのぞいている。蹴出しから見える素脚《すあし》には、隠しようもないあざや傷があった。

山蔵は女たちに声を掛けた。

「赤座屋の女中だな？　壱ってぇ男がこれをやったのか？」

女中のうち、小柄で年の若そうな者が、拝むように手を合わせたまま、泣き顔で答えた。

「壱さまっていうんですね。あの人は救いの神です。火牛党の男たちを片っ端からやっつけて、あたいらには表に出てろって言って、いちばん奥にいるあいつを殺しに行ってくれたんです」

「あいつ？　牛太郎か」

「当たり前でしょ。あんなやつ、さっさと死んじまえばいいんだ。壱さまが、どうか無事にあいつを殺してくれますように！」

山蔵は苦々しくつぶやいた。

「すっかり後れをとりやしたね。こりゃあ、もう手がつけられねえ」

龍治が声を張った。

「人死にには出てんのか？」

年嵩《としかさ》の女中が答えた。

「わかんないよ。下っ端は脚を刺されただけじゃないのかね。どうせなら、全部殺してくれてよかったのに」

「そいつはめちゃくちゃだ。いくら悪党でも、裁きを受けなけりゃ……」

龍治の言葉は途中だった。だが、女中はしまいまで聞かず、食ってかかった。

「知りもせずに勝手なことをほざくんじゃないよ！　あたしたちがどれだけ折檻《せっかん》を受けてきたと思ってんだい？　逃げる女中が出るたびに、残された者はひどい目に遭うんだ。怖くて怖くてたまらない。外の日の光を浴びたのだって久しぶりなんだよ！」

悲痛な声でまくし立てられて、龍治は絶句する。

岡本が人垣を割って現れた。その傍らに、血の気の失《う》せたおえんがいる。いっぱいに見開かれたおえんの目は、赤座屋の開け放たれた戸口をじっと見つめていた。

岡本がおえんの肩をつかんだ。

「行くんじゃないぞ」

一人の女中がおえんに気づいた。女中は凄まじい顔をしておえんに近寄ると、いきなり、おえんの頬を張った。乾いた音がした。おえんはくずおれた。

「おえん、あんたが逃げたのが、けちのつき始めだったんだよ！　あんたが逃げたから、ほかの新入りも逃げた。男どもが荒れて荒れて、どうしようもなくなった。あんたは独り身だから勝手ができたんだ。家族のいるあたしらが、どんな思いで毎日を過ごしてきたか……！」

唾を飛ばして怒鳴り散らすのを、山蔵が羽交《はが》い絞《じ》めにして止めた。そうでもしないと、女中がおえんに何をするかわからなかった。

ざわりと、どよめきが起こった。

赤座屋の奥から、ゆっくり、ゆっくりと、か細い姿の男が出てきた。男と先に聞いていなかったら、髪を乱した女のようにも見えたかもしれない。

おえんがささやいた。

「壱……」

誰もが息を呑んでいた。

壱の歩みが遅いのにはわけがあった。大柄な男を引きずっているせいだった。

その男がもう生きてはいないことは明らかだった。

女中たちは泣き声を上げた。悲しいのでも怖いのでもない。歓喜のあまり、言葉にならない声を発したのだ。感極まって地に伏した者もいる。

壱はのろのろと前を向いた。呼吸のたびに細い肩が上下していた。壱はあたりを見渡して、ようやく、自分が囲まれていると知ったようだ。

慌てるそぶりは少しもなかった。壱は亡骸を手放すと、一歩、二歩と、前に進んだ。

壱はただ、おえんだけを見つめていた。ぺたりと座り込む。背中を丸めると、地に膝をついたままのおえんよりも、痩せこけた壱のほうが小さく見える。

壱は言った。

「あんたを助けたかっただけなんだ」

おえんはゆるゆるとかぶりを振った。何に対して否《いな》と伝えたいのだろうか。

冷たい風が吹いた。壱の乱れた髪の隙間から、人形のようにきれいな顔がのぞいた。

千紘が、龍治が、同時に一つの名をつぶやいた。

「吉三郎……!」

若い娘の姿を装って、女を獲物として狙い、物取りと人殺しの罪を重ねていた男だ。娘の姿をしているときは、お七と名乗っていた。

道理で、ためらいもなくこんなことをしでかすわけだ。

龍治が呻いた。

「あいつ、あの手は、刀が握れないのか」

壱と呼ばれる吉三郎の左手には、匕首がぐるぐる巻きに括《くく》りつけられている。

おえんは壱のほうへ腕を伸ばした。招き寄せようとするかに見えた。壱がそれを拒んだ。子供じみた仕草で、頭を左右に振った。

「俺は地獄に堕ちる。でも、あんたが言うように地獄がなくて、この世に生まれ変わらなけりゃならないなら、次は人になんかなりたくない。人生は地獄だって、あんたも言ったろう？」

「壱、何の話なのよ。こっちにいらっしゃい」

「でも、もしもまた人に生まれてしまうんなら、おっかさんはあんたがいいな。それならきっと、地獄なんかじゃないから」

信じられないほど柔らかくあどけない、きれいな顔をして、壱は笑った。そして、匕首の切っ先を喉元《のどもと》に向けた。

直後、凄まじい気迫が壱のぼろぼろの体から噴き上がった。

勇実は察して、顔を背けた。龍治が手で千紘の視界を覆った。岡本がおえんを抱きすくめた。ひっ、という短い悲鳴があちこちで上がった。

何事かが起こった気配は、はっきりと感じられた。

壱、壱、と名を呼んで、おえんは泣き崩れた。勇実は、おえんが泣くところを初めて見た。おえんはまっすぐに、倒れて動かない壱のほうを見つめ、そちらに手を差し伸べて、泣いている。

龍治が低い声で告げた。

「終わったよ。あいつは、自分で自分の始末をつけた」

千紘は身を震わせていた。

「どうして？　どういうこと？　何が起こったの？」

龍治が千紘の肩を抱き、後ろを向かせた。

「千紘さんは見なくていい。俺たちにできることはないよ。岡本さまや山蔵親分たちに後を任せて、帰ろう」

勇実は、おえんのほうに向かおうとした。山蔵が立ちはだかった。

「調べに障りが出まさあ。勇実先生、申し訳ねえが、ここはあっしらに預けてくだせえ」

岡本が目顔で勇実を拒んでいる。おえんから勇実について何か聞いているのかもしれない。

勇実は黙って頭を下げ、きびすを返した。

四

岡本が山蔵を伴って矢島道場を訪れたのは、騒ぎから三日後、夕刻のことだった。

千紘は、女中のお吉《きち》と共に夕餉の支度をしていたのだが、龍治に呼び出された。

「岡本さまが来てる。あの件のことだよ。千紘さんにも話を聞いてほしいってさ」

浅草から戻ってくる道すがら、龍治は一言もしゃべらなかった。それっきり、いつもの快活な笑みは消えたままだ。道場のほうでは、鋭くも細やかな指南に揺らぎはないようだが、休憩のたびに脇部屋にこもって誰とも話さないという。

正宗がとことこと駆けてきて、龍治の足元にじゃれついた。龍治はため息をついて身を屈めると、正宗を抱き上げた。かまってもらった正宗はさかんに尻尾を振り、濡れた鼻を龍治の顔に押しつける。

「よしよし。いい子だな」

龍治は張りのない声で言って、正宗の白い毛並みを撫でてやった。

千紘は龍治の背中を追って歩いた。近頃、ときどき、龍治の背中がひどく遠く感じられる。千紘の知らない男のように思えることがあるのだ。

「あの、龍治さん」

「何だ？」

「岡本さまたちはどちらに？」

「道場の脇の俺の部屋だ。母屋《おもや》の座敷で茶でも出そうかって言ったけど、ここでいいって。まあ、門下生らも帰ったところだし、人に聞かせられない話をするにはちょうどいいだろう」

龍治は振り向かない。だが、矢島家の広い庭の松の木の下で、急に歩みを止めた。

「どうしたんです？」

「気息を整えてるだけだ。済んだことの話を聞くだけなのに、逃げ出したくてしようがねえ。それじゃあ駄目だよな」

「逃げ出すって、なぜですか？　龍治さんは間違ったことをしていないでしょう？」

「どうなんだろうな。俺が成しうる正しさなんて、たやすくぐらついちまうもんだよ。壱の左手が忘れられねえ」

龍治は肩で息をすると、抱えていた正宗を下ろした。

道場の脇部屋は龍治の住み家になっている。十年ほど前、母屋で親とべったりなのは格好が悪いなどと背伸びをして、ここに移ったらしい。

壁には刀掛けがしつらえられており、大小さまざまな木刀が置かれている。床の間には、龍治が影左《かげさ》と名づけた短刀が鎮座している。

この部屋は、矢島家の母屋とも道場とも違う匂いがする。龍治自身の肌や髪の匂いとも少し違う気がする。

矢島家の離れで読書をしていたはずの勇実は、こちらにまで本を持ち込んで、千紘と龍治が来るのを待っていた。岡本は、火をつけていない煙管《きせる》の吸い口をかじっている。山蔵は腕組みをして目を閉じていた。

狭い部屋にそれぞれ腰を落ち着けた。上座《かみざ》に着いた岡本は、千紘たちの顔を順繰りに見やり、ふうと息をついた。

「調べは済んだ。おえんや赤座屋の女中らの話でおおよその筋は読めたが、こたびの決着は、火牛党の内輪揉めということで手を打つ。親分の牛太郎は死んじまって裁きようもないが、怪我をして呻いていた下っ端どもは牢につないで、お白洲《しらす》の裁きを待っている。牛太郎の親父は不気味なことに口をつぐんだままだ。いずれにせよ、この件はひとまずここまでだな」

龍治が問うた。

「今まで町奉行所が手出しできなかった輩《やから》を、火牛党が壊滅した今だから、ようやく裁けるようになったってことですか」

「そういうことだ。長丁場でじわじわ切り込んでいくつもりだったところ、壱が一人で無茶をしたせいで、わずか一日で片づいちまった。あんなやり方は俺にはできん」

「当たり前ですよ。無茶が過ぎる。壱の裁きはどうなるんです？　一応、罪の重さによっては、亡骸であっても引き回しや晒《さら》し首《くび》の罰を課することもあるでしょう？」

千紘はぞっとした。勇実も眉をひそめている。

岡本と山蔵がため息交じりでかぶりを振った。岡本が答えた。

「壱という男があの場にいたことは、なかったことにする。そもそも、壱という男はいなかったんだ。お七と名乗っていた吉三郎は牢を抜け、一度白瀧家を襲撃した後、どこかで野垂れ死んだ。おえんが養っていた若者は、病をこじらせたか何かで儚くなった。そういうことにする」

千紘は確かめた。

「死屍《しし》に鞭打つようなことはしないんですね？」

山蔵は苦々しく答えた。

「吉三郎がお七の姿で犯した罪を思えば、どれほどむごい罰を受けたって足りねえくらいですがね。でも、前に吉三郎の罪を暴き立てようとして、揉み消されたじゃねえですか。吉三郎は大身《たいしん》旗本の子で、町奉行所が裁ける相手じゃあなかった。しかも、こたびは吉三郎が死んじまった。それを明らかにすれば、岡本さまが何をされるかわからねえ」

岡本は山蔵を制した。

「そのへんにしとけ」

「へい」

「とにかく、町奉行所としては、吉三郎についてこれ以上やりようがない。そちらに力を割《さ》くよりも、俺にはほかにやるべきことがある。火牛党が関わっていた賭博やゆすりや金貸しや、多くの人に怪我を負わせた罪。それらを片づけていかなけりゃならん」

勇実は、どこかほっとしたように言った。

「壱のことは、なかったことになる。そうか」

「すまんな。吉三郎を捕らえることに力を貸してもらい、命を狙われていたことを思うと、悔しいだろうが」

「いえ、私はちっとも。命の危険があるのは困りましたが、どこか遠くで勝手にしていてくれればそれでいいと、いい加減なことを考えていましたから」

千紘は、訊きづらい気持ちを押しやって、岡本に尋ねた。

「おえんさんはどうしていますか？　壱のことを何と言っていました？」

勇実が身を固くするのがわかった。岡本も勇実の顔をうかがったが、きっぱりした口調で答えた。

「おえんは、俺の屋敷に来てもらうことになった」

龍治がぼそりとこぼした。

「手が早《はえ》え」

千紘は龍治のお尻をぶった。思いのほか、よい音がした。山蔵が下を向いたのは、笑いをごまかすためだろう。

　岡本は咳払いをした。

「女中として雇ったんだ。というのも、俺は適当なもんで、二親は死んだし妻もいない。屋敷の面倒を見ているのは下男《げなん》の爺さんと女中の婆さんの夫婦者で、手が足りておらんのだ」

　千紘は取り成した。

「そうですよね。岡本さまは独り身だしお忙しいからお屋敷のことにはあまりかまっていないって、山蔵親分から聞いたことがあります」

「さっさと身を固めろと言われ続けて早十五年か。嫁いでくれるはずの娘御《むすめご》が亡くなったり、二親が立て続けに死んだり、親戚の揉め事に巻き込まれたりと、いろいろあってな。家督だ血筋だと、そういうことに頭を悩ませるより、仕事にのめり込んでおきたいのさ」

　山蔵は渋い顔をした。

「岡本さまのお気持ちもわからねえでもありやせんがね」

「小言はよしてくれ。おまえの言うのが逐一《ちくいち》正しいのはよくわかっている。しかし、俺のほうが立場が上で、年も上なんだぞ」

「へい。話を戻しやしょう。おえんのことでさあね。今までおえんが住んでいた長屋の住人は、すっかり怯えちまった。おえんが働いていた沢姫屋もそうだ。おえんには帰る場所がなくなっちまったんでさあ」

「女ひとり放り出すわけにもいかんだろう。火牛党の生き残りが襲ってこないとも限らん。それで、俺の屋敷に置くのがいいと思ったわけだ。やましいことはないし、妾奉公《めかけぼうこう》なんかさせるつもりもねえ。いい縁談を探してやろうとも考えてる。ここまで言えば、勇実どのも安心か？」

勇実は苦笑した。

「おえんさんから何か聞いていますか」

「昔の知り合いと言われただけだが、どんな知り合いだったのか、わからんわけがないだろう。おえんの口ぶりは、勇実どのの話をするのと壱の話をするのとで、まるで違っていた」

「壱のことは何と？」

「千紘どのが聞いたというとおりだ。子供を養っているような心地だった、とな。捨てられて痩せこけた猫を拾ったような心地、とも言っていた。いずれにせよ、おえんは壱を守ってやろうとしていた」

龍治は、張り詰めた目をして言った。

「おえんさんは壱のことを何も知らなかったんだな。とんでもねえ悪党だったたっていうことをさ」

「どこかまともではないかもしれない、という気は薄々していたらしいがな。壱の口から、矢島龍治、白瀧千紘、その兄の白瀧勇実を恨んでいる、そう聞かされたことが一度だけあったそうだ」

「だから、壱の身が危ういと悟って、何とかして救ってやろうとしたときに、こっちに知らせを寄越《よこ》した。関わりが深い相手だと思ったから」

「恨みといっても、十八かそこらの若者同士の何かだと考えたらしい。そう思っておきたかったのかもしれんな。本物の、命懸けの恨みであるとは、おえんは信じたくなかったんだ」

千紘は、不思議に思っていたことを口にした。

「壱はどうしておえんさんと知り合ったのかしら」

「こいつは俺の筋読みだが、おえんが勇実どのと関わりがあることを知って、こいつは使えると思ったんじゃないか？　勇実どのは聖人君子と評判だが、別れた男と女の間にきれいな思いばかりがあるはずもない。付け入る隙もあるだろう、と壱はたくらんだ」

勇実は顔を強張らせ、口を開こうとした。聖人君子などではないとでも言おうとしたのだろう。

千紘は声を上げて勇実の言葉を押し込めた。壱がおえんを知ったのは、四月の初めにおえんが白瀧家を訪ねてきたからだろう。だとすれば、おえんに恨まれて然《しか》るべきことをしたのは、勇実ではなく千紘だ。

「壱の読みは当たっていたかもしれません。わたし、おえんさんにひどいことをしたんです」

違う、と勇実が言った。思いがけず大きな声だ。そんな声を出したことに自分で驚いたような顔をして、勇実はきっぱりと続けた。

「千紘、それは違う。おえんさんは、人を憎みも恨みもしない。一人で全部抱えてしまう人だ。過ぎたことは過ぎたことだと言って、忘れたふりをするのが上手な人だ」

岡本は、手にしたままだった煙管を、くるくると回した。

「何にせよ、壱の読みは外れたのさ。その上、壱はおえんに拾われたとき、肺を患っていた。両手はあのとおり、うまく動かなかった。さぞ哀れなありさまだったんだろう。おえんは壱の世話を焼いた。壱は何を思ったかわからんが、結局、おえんに懐いてしまった」

龍治が、低く押し殺した声で言った。

「あいつの両手を奪ったのは俺だ。あいつ、左手に匕首を括りつけていた。刀を握れなくなってたくせに、紐《ひも》でぐるぐる巻きにして、二度と外さない覚悟だったんだろうな。あの姿を見て、俺は、つらくなった。あの瞬間、俺は確かに、壱に傷を負わせたことを悔いていた」

山蔵が声を上げた。

「龍治先生、そいつを言っちゃいけやせん」

「わかってる。刀を握る者、力を使うことができる者は、それだけの責めを負わねえといけない。その覚悟がないなら、刀を握っちゃいけない。俺には覚悟がある。お七と対峙《たいじ》したときも、吉三郎の襲撃を退けたときも、俺は、正しいはずの闘い方を選んだ」

龍治が苦い言葉を噛み締めると、沈黙が落ちた。

千紘は、おえんの嘆きを思った。吉三郎への怒りや恐れは、千紘の胸に今もある。でも、おえんの大事な壱がもういないと思えば、悲しくもなる。

岡本は立ち上がった。

「邪魔したな。話はこれだけだ」

あっさりと立ち去る背中に、千紘は声を掛けた。

「おえんさんによろしくお伝えください。いえ、岡本さまが、そうするのがよいと思ったらでいいんですけれど」

岡本は振り向き、笑った。

「伝えておく。おえんはしっかりしすぎていてな、あれだけのことがあったのに、平気なふりをして働いてくれる。それが危うくてならん。どうにかしてやりたいものだな」

勇実が何か言いかけた。だが、きつく拳《こぶし》を握り、唇を噛んで、黙ったままで頭を下げた。

山蔵がぼそりと告げた。

「これから心之助さんのところに行ってきやす。あの人にも、ことの顚末《てんまつ》をかいつまんで話さにゃならんと思いやしてね」

龍治が声を上げた。

「それなら、正宗を連れていってやってくれ。俺が後で迎えに行くから」

「へい」

岡本と山蔵は道場を出ていった。

山蔵が正宗を呼ぶ声がした。岡本が、相変わらずかわいいなと言って、正宗を抱き上げたようだ。龍治の母の珠代《たまよ》がちょうど庭に出ていたらしく、会話を交わした。それから、岡本と山蔵の声が遠ざかっていった。

すっかり静かになった後で、龍治がぽつりと言った。

「壱の墓がどこにあるのか、聞き忘れたな」

千紘は龍治の顔を見やった。龍治も千紘のほうを見た。龍治はひどく静かな目をしていた。その胸中《きょうちゅう》でどれほど感情が渦巻いているのだとしても、表には現れていない。

勇実は立ち上がった。

「千紘、悪いが、今からちょっと出掛けてくるから夕餉はいらないと、お吉に伝えておいてくれ」

「どこへ行くのですか？」

「わからない。歩き回ってくるだけだ。遅くならないうちに帰る」

勇実は千紘のほうを向かず、本を小脇に抱えて出ていった。

龍治が、どこか荒っぽいそぶりで畳の上にひっくり返った。くそ、と小さく罵《のの》るのが聞こえた。千紘が目を丸くすると、龍治はそっぽを向いた。

「千紘さん、部屋を出てくれねえかな。一人になりたい。むしゃくしゃしてんだ。しばらくほっといてほしい」

「でも……」

千紘は一人になりたくなかった。今、悲しくて心細くてたまらないのだ。

龍治は低い声で告げた。

「頼むよ。ちょっと落ち着かないと、自分を心底嫌いになるようなひでえことをしてしまいそうなんだ」

「……わかりました」

千紘は仕方なく、龍治の言葉に従った。戸を閉めるとき、龍治のほうを見つめてみたが、龍治は動かなかった。

苦しい思いを抱えているなら、そばにいてあげたいし、そばにいてほしい。でも、その思いを言葉にできない。千紘を突き離す龍治のことが、少しだけ怖い。

千紘はそっと戸を閉めて、苦いため息をついた。

第四話　鬼が笑うと言うけれど

一

勇実と龍治が琢馬の誘いに乗って飲みに出掛けたのは、十一月五日のことだった。

薬研堀にある煮売屋のつき屋に入り、三つある床几のいちばん奥に陣取った。

昼餉の客がひと区切りした頃だった。

頬に傷のある昭兵衛《あきべえ》が、にこりともせずに訊いた。

「昼餉ですかい。何にしやしょう？」

いや、と龍治が答えた。

「酒と肴を頼む。今日は昼間っから飲みに来たんだ」

昭兵衛は眉を持ち上げ、目を丸くした。不愛想《ぶあいそう》を絵に描いたような男である。

きょとんとした顔など、勇実は初めて見た。

「こいつは珍しい。至極真っ当に生きている勇実先生と龍治先生が、お天道《てんと》さまが出ているうちから酒とはねえ」

勇実は照れ隠しに笑った。

「真っ当というのに少し疲れた感がありまして。朋輩《ほうばい》の琢馬さんに誘ってもらったんです」

朋輩と呼んで紹介すると、琢馬は目尻にきれいな笑《わら》い皺《じわ》を刻んだ。ふわりと麝香の匂いがする。

今日の琢馬は役人然とした袴姿ではなく、遊び慣れた玄人風《くろうとふう》の着流しである。黒っぽい小袖と思いきや、近くで見れば、黒い紗《しゃ》の下に、濃紫色《こむらさきいろ》の花丸紋《はなまるもん》の小袖が透けている。

半襟《はんえり》も帯も凝っており、黒地に黒い糸でびっしりと刺繡《ししゅう》が入ったものだ。塗り下駄は女物のような形だし、根付《ねつけ》だの帯留めだの煙管だの簪《かんざし》だのといった小物は皆、光沢のある黒に揃えている。

勇実と龍治は洒落込《しゃれこ》んでなどいない。稽古着ではないというだけで、至って地味な格好だし、龍治は相変わらず木刀を差している。垢抜けた琢馬と連れ立って歩くには不釣り合いだが、琢馬はちらとも気にする様子を見せなかった。

昭兵衛がちろりに酒を温め、豆腐を揚げたり煮物に火を入れたりしていると、元助《もとすけ》が帰ってきた。

元助は、奥の床几に陣取った客の姿に、ぱっと顔を明るくした。

「ああ、勇実先生に龍治先生。久しぶりです」

十二の元助は昭兵衛の息子だ。昭兵衛も彫りの深い顔立ちの男前だが、元助はまた一段と顔かたちが整っている。

ちょっと見ないうちに、元助はすらりと背が伸びていた。肩上げした着物は、袖の長さが足りなくなっている。大人の声に変わろうとする頃のようで、声がすっかりしゃがれていた。

昭兵衛は元助を呼んだ。心得た元助は、ちろりの酒と盃《さかずき》を勇実たちのところへ運んだ。

「お待ちどおさま。今日は昼間っから酒盛りなんですか。こちらのお兄さんは、初めましてですね」

「お兄さんではなく、琢馬さんと呼んでください。勇実さんと龍治さんの朋輩ですよ」

元助は首をかしげた。

「お侍さまでしょ？　琢馬さんだなんて、馴れ馴れしく呼んじまっていいんですか？」

「かまいませんよ。非番で飲みに繰り出すときくらい、肩の力を抜きたいんです」

琢馬は片膝を立て、その膝に肘を載せて頬杖をついた。ぱらぱらとこぼれた髪が頬にかかり、襟元も広く開き、割れた裾からは小袖の内側の派手な模様がのぞいている。たいへん行儀が悪いはずだが、そんな姿でさえ、まるで錦絵だ。呆れるほどに格好がよい。

元助は、きらきらする目で笑ってみせた。

「それじゃあ、琢馬さん、今日はどうぞくつろいでごゆっくり」

「ありがとう」

ほどよくぬくめられた酒を盃に注ぎ、一杯目を一息に呷《あお》る。じわりと熱が染みるように、喉を転がっていく。

ああ、と勇実は息をついた。

「久しぶりの酒だ」

勇実の盃に、琢馬がすかさず酒を注いだ。

「日頃は飲まないんです？」

「しょっちゅうは飲みませんね。読書をするか写本を作るか、文字を追っているうちに、いつの間にか時が過ぎてしまうもので。でも、龍治さんのほうがきっちりしていますよ」

龍治は濡れた口元を拭《ぬぐ》った。

「勇実さんよりは強いんだぜ。だけど、飲めば次の日の動きが重くてしょうがねえ。動けなくていらいらするんで、めったに飲まない。でも、この間はやらかしちまったな。むしゃくしゃして、どうしようもなくて」

「半月ほど前のことと聞きましたよ。龍治さんも勇実さんも千紘さんも、それぞれつらい気持ちを抱えてしまったと」

龍治はうなずいた。壱が浅草新鳥越町の赤座屋で暴れ、自ら命を絶ってから三日後、岡本と山蔵から知らせを受けた日のことだ。

「俺は、人に一生治らねえ傷を負わせた。そのありさまを目にしたら、苦しくてたまらなくなったんだ。それで、愛刀を相手に愚痴りながら一人でしこたま飲んじまって、次の日は使い物にならなくて寝ていた」

「気分は晴れました？」

「まあな。酒というより、久しぶりに親父の大目玉を食らったのが効いたよ。千紘さんは、菊香さんに泊めてもらって一晩泣いて、甘いものを食べて元気になったと言ってたな。勇実さんがいちばん引きずってただろ。飲まず暴れず泣かず、一人黙って悶々としていた」

龍治の顔には苦笑がある。勇実も似たような顔をしているだろう。

「だから、今日は琢馬さんに誘ってもらえて、本当によかったと思っているんですよ。千紘の差し金でしょう?」

「半分はね。もう半分は、単に私が勇実さんや龍治さんと飲みたかっただけですよ」

元助が肴を運んできた。揚げ出し豆腐、芋の煮っ転がし、唐辛子の味噌漬け、旬《しゅん》の鰻《うなぎ》の甘辛煮だ。

「もんじが嫌いじゃないなら、味噌煮にしたのが少しあるんだけど、どうです?」

「猪《いのしし》ですか。もらいましょう」

琢馬が答え、元助が昭兵衛を振り向く。昭兵衛は鍋に向かいながら、へい、と返事をした。

男三人で飲む割に、酒の進む速さはさほどでもない。昭兵衛の料理を楽しみながら、ちびちびと盃を舐めている。

「要するに、三人ともさほど酒が強くないんですね。世の中には、まるで水でも飲むかのように、浴びるほど酒を飲む人もいるわけですが」

琢馬はくすくすと笑った。

量を過ごすとすぐに眠くなる勇実と、酔いの名残《なごり》が長引くのを嫌がる龍治と、一杯で目元をほんのり赤くした琢馬である。

酒の肴によいようにと、味の濃いお菜が並んでいる。酒をさほど飲まないなら違うものを見繕《みつくろ》ったのに、と昭兵衛が気にした。

「茶か飯を出しやしょうか？」

昭兵衛に尋ねられ、勇実と琢馬は茶をもらい、龍治は飯をもらった。

ももんじの味噌煮を白い飯で頬張って、人心地ついたのだろう。龍治は箸を置き、盃に残っていた酒を舐めると、ふうと息をついた。

「酔いが回ったから口が滑ったってことにしたいんだけどさ、この頃、千紘さんに避けられてるんだ。何だか目が合わないし、手が届くところまで寄ってこない」

　塚馬がにやりとした。

「勇実さんの目をかいくぐって、何をやらかしたんです？」

「何もしてねえよ。人聞きが悪いな」

「龍治さんに男の色気が増してきたから、千紘さんも気まずいんじゃないです？」

「そんなわけがあるもんか。からかわないでくれよ。子供っぽいのは自分でもわかってんだ。でも、おかげで気さくな感じがするだろ？　そこが俺のよさだと思ってるんだけど、いちばん気兼ねがないはずの千紘さんが、なぜか俺を避ける」

「いつからなんです？」

「細かい日付はわからない。でも、夏の終わりか秋口あたりには、あれっと思うようになっていた。それがこの頃、どんどん増えてきてるんだ」

「なるほど。夏頃に何か大きな出来事でも起こりました？」

　龍治が勇実をちらりと見やった。夏といえば、四月におえんが訪ねてきた日以降、勇実と千紘はずいぶんぎくしゃくしていた。龍治は塚馬に視線を戻した。

「ちょっとひと悶着《もんちゃく》あったけど、あの件は俺には関わりが薄いからな。もしかしたら若さまのことかな。千紘さんが手習い指南の手伝いに行ってる井手口家の若さまが、この夏頃から千紘さんとよく話すようになった。実は、若さまは昔から千紘さんと仲良くしたかったらしい」

「龍治さんの恋敵というわけですね」

「ずばりと言わないでもらえるかな。やりにくくなる。その若さまには、親父が出稽古で剣術を教えていて、俺が代わりに行くこともあるんだよ」

「おや、龍治さん自身も若さまと接しているのに、何も気づかなかったんですか」

「まさかという感じだよ。引っ込み思案《じあん》な人なんだ。同じ男の俺が相手でも無駄口は叩かないし、女が相手となると、女中の前でもしどろもどろになっちまう。とにかくまじめで、奥手が過ぎるほどだ」

「年頃は千紘さんと釣り合うんです？」

「十六だから、千紘さんとは二つ違いだな。背が高くて品がよくて頭がいい。許婚はいない。それに、百登枝先生は千紘さんのことをとても気に入っている。こうやって数えてみると、いい条件が揃ってるな」

「揃ってますねえ。家格の違いを埋める方法はいくらでもありますし」

「御旗本の若さまから正式に望まれたら、小普請入りの白瀧家も矢島家も太刀打ちできねえよ。ああもう、さっさと動いときゃよかった。今思うと、千紘さんと一緒に初日の出を見たときがいちばん、うまくいきそうだった。ひどい邪魔が入ったけどさ」

龍治はあぐらの膝を支えにして頬杖をついた。ふてくされた顔などすると子供っぽくて、二十《はたち》を超えた男には見えない。

琢馬は楽しそうににこにこしている。

「兄上さまの目の前で、よくぞそんな大胆な話を」

「酒の席だからだって言ったろ。そもそも去年の十二月に、俺は千紘さんとのことをちゃんとしたいって、勇実さんには告げてある」

勇実はうなずいた。

「十二月十五日だったな。捕物の明くる日だった」

「そう、真のお七の一件の後だ。剣術で身を立てていくってのは、命を張って渡り合うこともあるって意味だ。身を以《もっ》てそのことを感じ取って、だからこそ、いろんなことを曖昧にはしておけないと思った」

「兄として率直《そっちょく》なことを言えば、いくらその張本人が親友だといっても、妹をどうこうしようというのを目の前で見せつけられるのは複雑だな」

「気が済むまで殴ってくれていいって、あのときも言っただろ。目の前でやられるのが嫌と言われても、俺はこそこそしたくねえんだよ」

「わかっているつもりだ。ただ、頭の中と胸の内が嚙み合わないことはあるだろう？」

「あるよ。いつもそうだよ。あのな、人の出入りが多い矢島家といっても、二人きりになれるときがまったくないわけじゃあねえ。親父とおふくろがいまだにいちゃついてるようにだ。俺はいつも自分と闘ってんだぜ。察してくれよ、この悩み」

「それぱっかりは、かけらほども察したくないな」

「心が狭いぞ！　勇実さんこそ、さっさと菊香さんとくっつけ！」

龍治が言い放つと、勇実は顔に手を当てた。琢馬は声を立てて笑った。

勇実は酒のせいで、すでに耳まで熱い。

「くっつくも何も、私はそういうつもりはない」

琢馬は身を乗り出してきた。

「なぜです？　菊香さんに惚れているんでしょう？」

「そうずばりと言わないでくださいよ。惚れた腫れただとか、縁談だとか、菊香さんがそれを望んでいるようには見えないんです」

「確かに、話しぶりにも微笑み方にも立ち居振る舞いにもまったく隙がない人だとは感じました」

先日、菊香を八丁堀まで送っていく際、琢馬は深川佐賀町《ふかがわさがちょう》のあたりまでついてきた。馴染みの店に顔を出すからと言ってそこで別れたが、そこまでの道行きで、琢馬は愛想よく遠慮なく根掘り葉掘りと、勇実と菊香に水を向け続けたのだった。

勇実はかぶりを振った。

「菊香さんも、千紘の前ではいくらか隙を見せるんですよ。軽口を叩いたり、千紘をからかったり、本音を言ったりもするようです。菊香さんは、私が相手では駄目みたいだ。だから、このことについてはやはり、ちょっとね」

「ちょっと、何です？　この際ですから、おしまいまではっきりとどうぞ」

勇実は、ふわふわする頭を掻き混ぜて言葉を探し、文《ぶん》を編んだ。

「男が惚れた相手を落とすときのやり方は、ものを手に入れるかのように、強引で乱暴だ。相手のほうもまた、落とされたい奪われたいと、心を許して隙を見せてくれるならいい。でも、そうじゃないなら、相手を傷つけてしまう。そんなあやまちは繰り返したくない」

塚馬はおもしろそうに目を見張った。

「大人ですね。すごいな。勇実さんはいい恋をしてきたんですね」

「ひどい恋ですよ。相手を傷つけた。私も、遊ばれて捨てられたと信じ込んで、いじけて、さんざんでした」

「それも全部ひっくるめて、いい恋と呼ぶんですよ。いつの話なのか知りませんが、その当時の人生すべてをかけて、恋をしたんですね。いいなあ。すっかり枯れた今となっては、うらやましい限りです」

「ちっとも枯れてないでしょう。二十九ですよね？　塚馬さんは今まさに男盛りそのものだと思いますが」

塚馬はひっそりと笑った。尖《とが》った喉仏が震える。酒精《しゅせい》に熱せられて、目元も唇も赤い。実は酒が強いわけではないのだと、照れたような顔で言われれば、それこそ隙を見せてもらった気になって、かわいい人だと感じてしまう。

なるほど、と勇実は思った。かつて塚馬はずいぶんと浮名を流したようだが、このなまめかしさには男も女も中《あ》てられてしまうだろう。

卵焼きを運んできた元助が、勇実の言葉にうなずいた。

「本当に格好いいですよね。この店にもいろんな人が来てくれますけど、琢馬さんみたいにお洒落で格好いい人は見たことがありません」

「ありがとう。あなたも美しい顔だと言われるでしょう？　表で客引きをすれば、若い娘さんたちに囲まれてしまうんじゃありませんか？」

元助の笑顔がわずかに引きつった。そうですねと、ごまかして立ち去ろうとする元助の腕を、龍治がつかまえる。

「すまん。悪気はない。気に障ったか？」

元助はうつむき、頭を掻いた。まだ前髪のある子供の髪型だ。働く姿があまりにもしっかりしているので、客はうっかり元助に大人同士のような言葉をかけてしまう。

琢馬が顔つきを改めた。

「これは失礼。私もあなたくらいの頃は、姿のことを言われれば、どう応じていいかわかりませんでした。顔を誉められてつい調子に乗ってしまうときは、後になって自分に嫌気が差した。そうでした。忘れていた。ごめんなさいね」

元助は顔を上げ、大人びた苦笑を浮かべてみせた。

「いいんです。今はまだ、女みたいな顔って言われちまうことが多いんだけど、近頃は声も変わって背も伸びてきたし、きっともうじき、おとっつぁんみたいになれるはず。そしたら、おいらも自分の顔を許せると思います」

「許せる、ですか」

「ほかにうまい言葉が見つからないの。親からもらった体や顔のことを悪く言うなんて、いけないことなのに」

「あなたはその顔に生まれついてしまっただけですからね。ほしいと望んで手に入れたものではない。一生懸命に励んで身につけた商いの技や包丁仕事なら、誉められれば誇らしいでしょうが」

琢馬は眉間に皺を寄せ、顎《あご》に指を添えて首をかしげた。

元助は琢馬に問うた。

「琢馬さんはいつ、どうやって自分のことを受け入れたんですか？　今はもう、そんなふうにお洒落ができるんだから、自分が格好いいことを楽しんでいますよね？」

「楽しむしかないなと思うようにしただけですよ。でも、そうするとね、寝起きだとか風呂上がりだとかのだらしない姿を、誰の前にもさらすことができなくなりました。結局、これもまた新たな悩みですね」

「ええっ、そうなの? 大人になったら悩まずに済むんだろうって思ってたのに」

「人それぞれですよ。私はいまだに独り者ですが、ありのままの私を好いてくれる人と一緒になれたら、格好なんてどうでもいいと、悩みを越えてしまえるかもしれません」

元助は頰を膨らました。

「大人はみんな、そういうことを言うんだ。惚れた相手ができれば変わるだろうって。おとっつぁんもそう言う」

昭兵衛がぼそりと応じた。

「手前は、惚れた女に人生を変えてもらいやしたからね。昔はごろつきだったが、女に振り向いてもらうために足を洗った。ま、結局、女は元助を置いて、出ていっちまいましたが」

「出ていっただけだ。おとっつぁん、今でもおっかさんと会ってるんだろ。おいらは知ってんだ。船宿なんか使わないで、ここに来てもらえばいいのに」

昭兵衛は咳払いをして、鍋に向かってしまった。

龍治は元助の肩をぽんと叩いた。

「前にも言ったが、俺が自分のことを受け入れられたのは、強くなったからだ。背が低くてかわいい顔をしているせいで、舐めたことを言われたりされたりしてきたけど、今の俺なら全部ぶっ飛ばせる。そんな自信がついてから、自分を丸ごと許せるようになった」

「惚れた相手がいたからじゃなくて、剣術？」

「そう、剣術。だから、元助坊は料理の技を磨くことに打ち込めばいいんだよ。いっぱしの腕前になりゃあ、顔はおまけだ。うまい料理を食わせてくれる店があって、ついでに言えば店主が男前。そんな評判が立つようになる」

表戸が開いた。

「今日は冷えるな。昭兵衛さん、さっと食える昼餉を出してくれ」

手をこすり合わせ、首をすくめながら入ってきたのは、目明かしの山蔵である。

元助が素早く笑顔になった。

「いらっしゃい、山蔵親分。昼餉くらい、おかみさんのところに帰ってあげたらいいのに。うまい蕎麦《そば》を食わせてもらえるんでしょ？」

「帰れるもんかい。昼時じゃあ手が足りねえってんで、加勢《かせい》に駆り出されちまう」

　山蔵は蕎麦屋の入り婿である。もとは蕎麦屋の親父が目明かしで、山蔵はその下っ引きだった。親父が年を理由に目明かしを退き、代わりに山蔵が岡本から手札をもらった。それと相前後《あいぜんご》して、蕎麦屋の娘と所帯を持った。

　いつも外を走り回っている山蔵であるから、蕎麦屋と聞いてもぴんとこない。山蔵が打った蕎麦やこしらえた料理を口にしたことが幾度あっただろうか、と勇実は考えを巡らせた。

　山蔵は、奥の床几に陣取っている三人と、その手元にあるちろりと盃に、おや、と目を見張った。

「龍治先生に勇実先生。今日は昼から酒盛りですかい」

　勇実は頭を掻いた。

「さほど酒が進んでいるとは言えませんがね。そんなに驚くことですか」

「驚きまさあ。勇実先生は手習い、龍治先生は剣術で師匠と呼ばれて、子供らの手本になるお人じゃあねえですか。昼酒とは体裁が悪いでしょう」

　山蔵はすぐ隣の床几に腰を下ろした。

　昭兵衛はどんぶり飯を山蔵に供《きよう》した。おお、と山蔵が顔をほころばせる。どんぶり飯には刻んだ鰻と青菜がまぶされ、出汁《だし》がかけられていた。薬味は粉山椒《こなざんしよう》だ。

山蔵はどんぶり飯を掻き込んだ。ろくに嚙みもしない。すごい勢いで呑み込んでいく。だから鰻も青菜も細かく刻んであったのだろうなと、勇実は思った。

あっという間にどんぶりを空にした山蔵に、龍治が問うた。

「先月の火牛党の件、後始末はもうついたのか？」

「へい。捕らえた連中はあらかた、まあ納得できる裁きが下されやした。残党に狙われるようなことは起こっていやせんね？」

「俺たちのほうは何事も。だよな、勇実さん」

水を向けられた勇実はうなずいた。もとより勇実や千紘、龍治に矛先《ほこさき》が向けられることは考えにくい。もし狙われることがあるとすれば、おえんだろう。

勇実が口を開こうとしたら、山蔵が先回りした。

「おえんは岡本の旦那の屋敷で無事に過ごしていやすよ。あの人は気立てのいい働き者でさあね。下男の爺さんも女中の婆さんも、まるで自分の娘のようにかわいがっているってぇ話です」

そうでしょう、と勇実はあえて言った。

「おえんさんはいい人ですよ。岡本さまも信《しん》を置くでしょう」

感傷が胸にせり上がってきそうになった。きっと酒を飲んでいるせいだ。湿っぽい気分は吐き出してしまったほうが楽になるだろうか。

ところが、そのときだ。

表戸が凄まじい音を立てた。何事かと、勇実も龍治も琢馬も、とっさに立ち上がった。どん、と、また凄まじい音がして表戸が外れた。

壊れた戸と共に、若い男が店に転がり込んできた。

二

喧嘩だった。表から、やかましい怒鳴り声が聞こえてくる。

つき屋に転がり込んできた男は、擦りむいた手足を目にして顔を歪めた。痛そうに呻きながら立ち上がり、へっぴり腰で外へ出ていこうとする。

すかさず龍治が男の帯をつかんで引き留めた。

「おい、待て。人さまの店をぶっ壊しておいて一言もなしとは、どういう了見だ？」

男は抗《あらが》う術もなく、尻もちをついた。

昭兵衛が台所から出てきて、男をぎょろりと見下ろした。頰に走るねじれた傷痕が、いかにも恐ろしげである。

男は、ひっと悲鳴を呑み込んで這いつくばり、すんませんと声を上げた。

龍治と山蔵が表に飛び出していった。勇実は自分の足下がしっかりしていることを確かめて、二人に続いた。琢馬も襟元を整えながらついてくる。

表に出ると、二十《はたち》ほどの年頃の男たちが十人ばかり、わあわあと騒いでいた。博徒《ばくと》粋がって派手な格好をした連中だが、何とも半端な感じがする。博徒と呼ぶにと呼ぶには年季が入っておらず、ごろつきと呼ぶにも浮足立っている。

周囲に人垣ができつつある。喧嘩の見物である。

冬の風が火照《ほて》った頰に触れて心地よい。

元助が、あっと声を上げた。

「うちの床几、壊されてる！」

つき屋の表には一つ、客のための床几が置いてある。冬十一月の寒風の中でも、さっさと食ってしまいたいせっかちな客は、表の床几を好むらしい。その床几が喧嘩の巻き添えになって、脚を折られてしまっていた。

元助のかすれた声が耳に届いたらしく、近くにいた男が三人ほど、こちらを振り向いた。元助が子供であると見て取ると、牙を剝くような顔をする。

「黙れ、餓鬼《がき》が」

「大人に逆らうんじゃねえ」

その男たちにしても、まだ若い。にきび面で凄《すご》んでくる一人の前に、琢馬が立ちはだかった。

「しかし、あなたがたが床几を壊したのでしょう？　そのままにしておくなど、いっぱしの大人がすることではありますまい」

「ああ、何だと？」

にきび面の男が拳を構え、繰り出した。琢馬は難なくその拳を躱《かわ》し、すれ違いざまに殴り返した。鋭い一撃がにきび面の男の顎を打ち上げる。にきび面の男は、どうと倒れた。

琢馬は鼻を鳴らし、元助に詰め寄る男たちを睥睨《へいげい》した。

「壊したもんはきちっと償《つぐな》いやがれ、餓鬼どもが。大人に逆らうんじゃねえ」

琢馬に一人がやられたのを見て、その味方の陣営とおぼしき連中が叫びを上げた。口々に挑発し、あるいは罵倒《ばとう》しているらしい。

しかし、琢馬はどこ吹く風である。

「ぴいぴいうるせえ。真っ昼間から往来で騒ぎやがって。こちとら迷惑してんだよ。壊した戸と床几を直すだけの金を置いて、とっとと行きな！」

勇実は琢馬にささやきかけた。

「琢馬さん、煽《あお》りすぎです」

言ったかどうかのところで、案の定、一斉に男たちが襲ってくる。

山蔵が十手《じって》を掲げて怒鳴った。

「てめえら、騒ぎを起こすんなら、まとめてしょっ引くぞ！」

十手に怯えて足を止めた者が半数、残り半数は破れかぶれの声を上げて突撃してくるが、龍治が一人であっさり捌《さば》いた。足払いをかけ、当て身を食らわせ、回し蹴りを放ち、手刀《てがたな》を叩き込み、襟をつかんで投げ飛ばす。

「手応えがねえな。おい、次は誰だ？」

龍治はぐるりと男たちを見やった。すっと腰を落として手刀を構える。

ひえっ、と誰かが悲鳴を上げ、後ずさった。

「お、覚えていやがれ！」

捨《す》て台詞《ぜりふ》を残して一人が逃げると、散々な戦線はあっという間に瓦解《がかい》した。

蜘蛛《くも》の子を散らすように逃げていく。

いっとう派手な着物の男だけが取り残された。

「お、おい、てめえら！」

「おお、逃げねえのか。殊勝《しゅしょう》なもんだ。一丁やるかい？」

龍治は構えを解かないまま、残った男に笑いかけた。男は舌打ちしながら懐に手を突っ込むと、小銭を地面に投げつけた。

「払えってんなら払ってやらあ！　おっさんどもが俺らの話に絡んでくんじゃねえよ！」

精いっぱい凄んでいるが、幼さの抜け切っていない顔立ちである。体の線も細い。まだ二十に届いていないのかもしれない。

その若者は、豚馬に顎を殴られた仲間の傍らに膝をつき、荒っぽく揺さぶった。にきび面の男は目を開け、ぶるっと震えた。行くぞ、と声を掛け、体を支えてやりながら立ち去っていく。

つき屋の中で転がっていた男も、まろびながら逃げていった。

派手な着物の若者は、はたと思い出したかのように、足を止めて振り向いた。

「こ、これで勝ったと思うなよ！　次は俺さまの本気を見せてやる！」

はいはい、と龍治が応じた。

「首を洗って待っててやるから、つき屋じゃなくて矢島道場までご足労よろしくな。もう薬研堀で人さまに迷惑かけるんじゃねえぞ」

「うるせえ！　後悔させてやるからな！」

派手な着物の若者は、まだふらついている仲間を引きずるようにして去っていった。

勇実は山蔵のほうをうかがった。山蔵は苦々しい顔をしているが、しょっ引くつもりはないようだ。

元助が小銭を拾い集める。勇実はそれを手伝った。

やれやれと琢馬が髪を掻き上げた。

「酔いが醒めたといいますか、興が醒めたといいますか。あんな腑抜けた喧嘩がありますか？　近頃の若い連中はあんなふうなんですかね。さあ、中に入って飲み直しましょう」

琢馬は飄々《ひょうひょう》として戸をくぐっていく。見物人の目が集まっていることに気づいているのかいないのか、振り返りもしない。

勇実は、拾った小銭を元助に渡した。

「これで足りるか？」

「おとっつぁんに訊いてみます。でも、足りないとしても、おとっつぁんは面倒がって、さっきの人たちを追いはしないと思う。あ、勇実先生、手伝ってくれてありがとうございます」

元助は琢馬を追って店に入った。庇《かば》ってくれたことへの礼を言う声が聞こえる。琢馬が応じる声は低くて、何を言ったのか、はっきりとはわからない。

龍治は、腰に差した木刀の柄に手を置いた。

「弱かったな。まあ、騒いでみたい年頃なのかもしれねえが」

「ああいう連中を見ると、龍治さんはやっぱり大人びていると思うよ」

「俺は姿かたちがこんなんだから子供っぽく思われがちだけどな、道場では年上の人らと絡むことが多かっただろ。昔から耳年増だったし、中身のほうはけっこう大人びてたんだぜ」

山蔵は苦虫を嚙み潰したような顔で周囲を見やった。

「後でまたこのへんを見回りに来やしょう。龍治先生らが帰った後を狙って仕返しをしに来ないとも限りやせん」

龍治は山蔵の肩をぽんと叩いた。

「よろしく頼むぜ。山蔵親分の昼餉のお代は、俺がまとめて払っておく。忙しいんだろ？　役目のほうに戻りなよ」

「へい。ありがとうございやす」

山蔵は腰を二つに折り曲げると、両国広小路のほうへ駆けていった。その姿を見送って、勇実と龍治はつき屋に戻り、もとの床几に腰を落ち着けた。

昭兵衛は、戸をがたぴし言わせながらかりそめの修理をしていたが、結局、むっつりと顔をしかめた。

「駄目だな。元助、ちょいとひとっ走りして、見田《みた》さまの屋敷にお願いして来い。徳次郎《とくじろう》坊ちゃんに仕事を頼みてえ、とな」

見田家は、本所に屋敷を構える御家人である。家の内証《ないしょう》は白瀧家と似通っているらしく、つき屋の安くておいしいお菜をよく買い求めているようだ。

次男坊の徳次郎は一時期、悪い道に進みかけたことがあった。それを引き戻したのは昭兵衛と元助だった、と勇実は思っている。

手先が器用な徳次郎は、床几がぐらつくとか戸の建付《たてつ》けが悪いとか、そういった仕事を任されると、さっと直してしまう。近頃では職人のところに通って手先の技を習っているらしい。

元助は寒さに備えるでもなく、ぱっと駆けていった。

半ば開いたままの戸口から、冷えた風が忍び込んでくる。

「寒いでしょう。すんませんね」

昭兵衛は相変わらず不愛想な口調で謝ったが、勇実たちはかぶりを振った。

勇実は盃を掲げてみせた。

「飲んで火照っていますから、これくらいがちょうどいいですよ」

では改めて、と、琢馬が音頭《おんど》を取った。

勇実と龍治と琢馬は、三人同時に盃の酒を呷った。

三

十二月ともなると、朝晩のみならず、日が差した昼間でも冷たい。江戸を吹き過ぎる風は乾いて、埃《ほこり》交じりでびゅうっと強い。空が陰ったと思えば分厚い雲が広がって、たちまち雪がちらつく日もある。

幸いなことに今日は天気がよい。空の隅々まで、きれいに晴れている。

道場の門下生が矢島家の庭に集まっている。威勢のいい掛け声が先ほどから聞こえ始めた。

今日は稽古を休みにして、力自慢の男たちが総出で餅つきをしている。あまりにぎやかなので、勇実の手習い指南も休みだ。筆子たちの多くは餅つきの見物に来ている。

正宗は庭の隅につながれている。というのも、熱々のもち米だとか、重たい杵《きね》だとか、元気な犬が近寄っては危ういものが、今日は庭のあちこちにある。つきたての餅にふさふさの毛で飛び込まれても困るし、餅をうっかり呑み込んで喉に詰めたら一大事だ。

千紘はしゃがみ込んで、真っ白な正宗を抱き締めた。冬の毛並みはみっちりしている。人が身につける綿入れの着物よりもずっと温かそうだ。

心之助はぺこりと頭を下げた。

「八月から今日まで、四月もの間、正宗の世話をありがとう。千紘さんたちにかわいがってもらったおかげで、正宗は病気ひとつ怪我ひとつせず、すっかり大きくなったよ」

千紘は正宗に頰ずりしながら、心之助に上目遣いをした。

「本当に今日から連れて帰ってしまうんですか？　道場の門下生の皆さんも手習所の筆子たちも、正宗ちゃんをかわいがっているんですよ。いなくなったら、皆が寂しがります」

「うん、知っているよ。正宗も人が大好きな犬だ。矢島道場で過ごすことは正宗にとっても幸せだと思う。それでね、明日からも正宗を連れてくるから、私が仕事に出ている間、ここに置いてやってもらえるかな」

千紘はぱっと目を輝かせた。

「ぜひ！　明日からも正宗ちゃんに会えるんですね！」

「留守の屋敷にぽつんと置いておくのは忍びない。一人を好むたちならいいけれど、私も正宗もそうじゃないからね」

「心之助さんの体は、もうすっかり大丈夫なんですか？」

「おかげさまで。折れていた脚の骨もきちんとつながって、もうどこも痛まない。剣術の稽古にも昨日から戻ってきた」

「あら、そうだったんですか。おめでとうございます」

「うん。幸いなことに、見えるところにできた傷痕もきれいに消えてくれた。敵に立ち向かってついた傷は侍の誇りというけれど、傷だらけの顔ではきっと人を怖がらせてしまう。顔がもとに戻って、ほっとしたよ」

裏を返せば、着物に隠れたところには傷が残っているのかもしれない。けれども、向こう傷を自慢するでもなく、体に傷が残ったことをうじうじ言うでもない。心之助は潔《いさぎよ》い人だ、と千紘は思った。

千紘が腕の力を緩めると、正宗は心之助に駆け寄った。心之助は身軽にしゃがんで、両手を地についた。正宗は心之助の背中によじ登り、得意げに尻尾《しっぽ》を振った。

「おお、ずいぶん重たくなったな。こんなにずっしりしているくせに、千紘さんや幼い筆子たちにだっこしてもらっていたのか？　甘えん坊め、これからは鍛えてやるからな。私も足腰がすっかり萎《な》えてしまったから、一緒に鍛錬しよう」

心之助は立ち上がって背筋を伸ばし、俵を担《かつ》ぐような格好で、正宗を肩に乗せた。

正宗は、目の高さがぐっと上がったのが楽しいのかもしれない。舌を出して歯を見せて、笑ったような顔をした。

千紘は自分の肩に手を置いてみた。ずいぶん違うものだ、と思う。正宗はさほど大きな犬ではない。えいっと力を込めて、千紘が抱き上げることもできる。だが、千紘の肩は、正宗を乗せられるほど広くない。

龍治が正宗と一緒に転げ回っているのを見るときも、同じようなことを思う。龍治はごく軽そうに、正宗をひょいと抱える。ぽんと放り投げて、危なげなく抱き止めたりもする。あんなことは千紘にはできない。

心之助は千紘の顔をのぞき込んだ。

「元気がないね。龍治さんと喧嘩でもした?」

千紘は頬を膨らませた。

「してません。もう、道場の皆さんは、わたしがどんな顔をしていても龍治さんと結びつけようとするんだから」

「道場の皆は、龍治さんとじゃれているか勇実さんを叱り飛ばしている千紘さんしか知らないからね」

「じゃれてません。だって、近頃の龍治さん、何だか変わったんだもの」

「変わった? 千紘さんの目にはそんなふうに映っているのか」

「心之助さんは、そうは思いませんか?」

「そう思うとも言えるし、そうでないとも言える。龍治さんは常に前に進んでいく人だから、幼い頃から今まで見ていて、どんどん変わってきたと思う。でも、根っこのところのまっすぐな人柄は、ずっと変わっていない」

「ええ……そうですよね。変わらないわけはないし、別人に変わったわけでもない。そのとおりなんですけれど」

千紘は、心之助の優しい笑みに居たたまれないような心地になって、庭の真ん中を見やった。

龍治を筆頭に、張り切った男たちが、わあわあと笑って騒ぎながら餅つきに勤《いそ》しんでいる。冬だというのに肌脱ぎで、火照った肌に汗をにじませている。

去年の餅つきでは、千紘もあの輪の中にいた。臼《うす》のそばに陣取って、掛け声を合わせながら餅を返した。つきたての餅を珠代と一緒に丸めて、さっとあぶって醤油《しょうゆ》につけ、海苔《のり》で巻いたのを皆に供した。

江戸では十二月十五日から餅をつき始める。家ごとに餅つきをするのは大変だから、町の若人《わこうど》たちに任せてしまう者や、菓子屋に注文する者も多い。

矢島道場でも、与一郎がまだ若い頃から、こうして餅つきをするのが習わしになっている。矢島家や白瀧家、門下生の家のぶんだけでなく、近所からの注文も多い。だから毎年、十五日と二十日の二度に分けて餅をついて、頼まれたぶんを捌いている。

去年は少し違っていた、と千紘は思い出した。十五日の餅つきは、捕物のために日延べされ、十七日になった。

捕物は十二月十四日の夜だった。千紘がふてくされているうちにいつの間にか出掛けてしまった兄たちのことが心配で、とりわけ危うい役目を買って出た龍治のことが心配で、眠れぬ夜を過ごした。

折しも赤穂《あこう》浪士の討ち入りと同じ日の夜だった。明くる朝、赤穂浪士が仇討《あだう》ちを果たして主君の墓前へ向かったのと同じ頃、龍治は勇実と共に帰ってきた。

あのとき、千紘は気持ちがぐちゃぐちゃになったのだ。龍治のことをかけがえのない人だと感じた。特別な人だ。決して離れていってほしくない人だ。そう思っている自分の胸の内をはっきりと知った。

あれからちょうど一年だ。

胸がぎゅっと締めつけられるような、息をするだけで泣きたくなるような、どうしようもない気持ちを知ってしまって、龍治の胸にすがって泣いた。あの朝から一年。

龍治がまとう気配は、何となく変わった。

でも、千紘と龍治の間にあるものは、たぶん何ひとつ変わっていない。まわりの人々の目から見ても、二人の仲はおそらく何も変わっていないように映るだろう。

そこまで考えて、千紘はむっとした。龍治に振り回されているような気がしてしまう。

「ねえ、心之助さん。来年のことを言えば鬼が笑うそうだけれど、新しい一年こそはこうしたいと望んでいることってありますか？」

「体づくりかな。怪我がしっかり治るまで稽古をしてはならないと、固く言いつけられたのを守っていた。もう大丈夫だと医者にも太鼓判を押されたから、年が明けたら心機一転、体づくりに励みたい。千紘さんは？」

「前に進むことができたらと思っています。年が明けたら十九になるし、手習いの師匠になりたいという望みに向かって、きちんと進んでいけたら」

「ああ、千紘さんは手習いの師匠に向いていそうだ。人のために一生懸命になれるからね」

「人のためになれたらいいけれど、気がつかないことが多くて、十分ではないんです。わたし、井手口家の大奥さまのところで手習い指南のお手伝いをしているんですけれど」

「知ってるよ。私が剣術をお教えしている松井さまの坊ちゃん兄弟のうち、兄君のほうが井手口さまの若さまと同い年で、付き合いがおありなんだ。それで、井手口さまにまつわる話はいろいろうかがっている」

「若さまにもお友達がいらっしゃるんですね。少しほっとしました。わたし、幼い頃から百登枝先生のところでお世話になっていて、百登枝先生に憧れて手習いの師匠になりたいと思ったし、お力になりたいとも思うんです」

百登枝の手習所は五と十のつく日に開かれる約束になっているが、十二月は矢島道場の餅つきのこともあって、一日ずつ前倒しだ。大晦日《おおみそか》にはさすがに無理でも、二十九日なら今年最後に皆でお菓子を食べられるからと、年忘れのお茶会の支度にも余念がない。

昨日、千紘は、御家人の娘で十《とお》の桐《きり》に泣かれてしまった。

「千紘先生にお願いがあります。もっとたくさん、桐に知恵をつけてください。一緒にご本を読んで、百人一首をして、桐を馬鹿な子供じゃなくしてください」

馬鹿な子供とは、お花の稽古のために同年配の女の子たちが集まった席で、一つ年上のお嬢さんに投げつけられてしまった言葉だという。

五日に一度の手習いでは、読み書きそろばんを今まさに身につけようとしている桐には不十分だ。千紘は、桐の母に頼まれたときには屋敷に出向いて手習いの指南をしていたが、それでは足りなかった。そのせいで、桐に恥をかかせてしまった。

千紘は、武家の娘がこらえきれず涙を見せてしまったことに胸を痛めた。桐は千紘をあずまやに呼び出してこっそり泣いたけれど、百登枝はもちろん察していた。桐やほかの筆子が帰った後に、千紘と百登枝の二人で来年のことを少し話した。

「わたし、年が明けたら、百登枝先生のお手伝いだけじゃなくて、わたし自身が師匠として筆子のところに教えに行くことにしたんです。心の持ちようを変えて、もっとしっかりしたいと思って」

「千紘さんは、年明けには十九と言った？」

「はい」

「私や龍治さんが与一郎先生から出稽古を任されるようになったのも、十九や二十の頃だった。勇実さんが一人で手習所を預かることになったのも二十のときだったよね。そういう年頃なんだろうな」

千紘は心之助を見上げた。正宗が黒いきらきらした目で千紘を見下ろした。ついい笑ってしまいながら、千紘は言った。

「心之助さんは、男だ女だと分けて話をしないんですね。女がもう十九になると言えば、まだ嫁ぐ話はないのかと、そればっかりなのに」

「剣術と手習いの違いがあるとはいえ、自分よりも若い人に指南をするというところは、私が生き甲斐を感じている仕事と同じだよ。その仕事を目指すという心意気を応援したいと、そっちの気持ちが先に立つなあ。男も女も関わりなく、素晴らしい仕事だと思う」

「ありがとうございます」

「それに、嫁取りのご縁が一切ない私が縁談云々《うんぬん》のお小言を垂れたところで、反撃されるに決まっている。いじめられるのはごめんだよ」

心之助は冗談めかして首をすくめた。

餅つきの輪の真ん中で、わっと楽しげな声が上がった。与一郎が龍治に代わって杵を取ったのだ。合いの手を入れるのは、目明かしの山蔵である。

こういうとき、与一郎は、珠代に「若い人たちに任せてしまいなさい」とたしなめられて、しばらくはおとなしくしている。が、結局うずうずして、前に出てしまうのだ。

龍治はやれやれと呆れ顔をして、輪から外れた。ぐるっとあたりを見渡して、千紘と心之助に目を留める。龍治はこちらへ駆けてきた。

「千紘さんが隅っこにいるとは珍しい。寒くねえか？　あっちは火鉢を出してる

から、ここより暖かいぞ。心さん、怪我が治ったとはいえ、餅つきはまだきつい
かな？　ところで、二人で何の話をしてたんだ？」
龍治は矢継ぎ早に問いを放った。はしゃぎながら杵を振るっていたせいで、す
っかり息を弾ませている。
千紘は思わず顔を背けた。
肌脱ぎになった龍治の姿がまぶしい。顔も胸もほのかに赤らみ、汗のしずくが
肌を伝っている。無駄なく引き締まっていながら、鍛えているぶんの肉の厚みも
きちんとある。肩も胸も、着物を身につけているときより大きく見えた。
心之助は正宗を持ち上げると、龍治の胸に押しつけた。
「龍治さん、ちょっと肌をしまってもらえるかな」
「俺は寒くねえよ。たった今まで動いてたんだ」
「そうじゃなくて、千紘さんが困っている」
うえっ、と龍治は変な声を上げた。
千紘は体ごとそっぽを向いた。あっという間に頭に血が上《のぼ》った。顔が赤くなっ
ているのが自分でもわかる。耳まで赤いに違いない。千紘は思わず両手で耳を覆
った。

龍治がうろたえている。

「困られても困るぞ。千紘さん、このくらい見慣れてるだろう?」

「おや、そういう仲だったのか」

「違う! 雑《ま》ぜっ返すなよ、心さん。道場では皆よく肌脱ぎになってるだろうって意味だ。千紘さんだって、前はこんなの平気だっただろ?」

「前と今では、同じではないんじゃないかな。年頃の娘さんなんだよ」

千紘は恥ずかしくなって逃げ出した。台所に行けば、矢島家の女中のお光と白瀧家の女中のお吉、白髪頭の元気な二人がきりきり働いているはずだ。そこに交ぜてもらって、気を紛らわせてしまおう。

龍治の焦った声を背中に聞きながら、千紘は駆け出した。

その目の端に、見慣れない風体《ふうてい》の若い男たちが映った。

千紘は足を止めた。

ひときわ派手な格好をした先頭の男は、ずかずかと庭に入ってくると、大声で呼ばわった。

「あの日の借りを返しに来たぞ! 矢島龍治、待たせたな! さあ、出てきて勝負しやがれ! 俺さまが勝ったら、この道場をいただいてやらあ!」

千紘はぽかんとした。

「何あれ？　道場破り？」

派手な男は、瘦せた胸を張って名乗った。

「薬研堀の暴れ虎といえば俺さまのことよ！　この寅吉《とらきち》さまが今からてめえらをぶちのめす。者ども、かかれ！」

寅吉の後ろに控えていた六人の若い男たちは、めいめいの武器を掲げて、鬨《とき》の声《こえ》を上げた。

四

騒ぎがおおよそ収まるまで、三十を数えるよりも短かったのではないだろうか。

千紘のそばには勇実がいる。寅吉に名指しをされた龍治がそちらへ向かうのを見て、勇実が千紘を守りに来たのだ。

だが、その必要はまったくなかった。勇実は頭痛でも感じたかのように顔をしかめた。

「やはり威勢がいいだけで、かなり弱いんだな。体の使い方がまるでなっていない」

「やはりって、知り合いですか？」

「一月ほど前、琢馬さんに誘ってもらって飲みに行った日に、つき屋の前で喧嘩が起こって、戸や床几が壊された。その騒ぎを起こしていたのが寅吉さんたちだった」

「まあ。ものを壊すのはいけませんね」

「琢馬さんがとっちめて、寅吉さんから修理のためのお足を巻き上げた。寅吉さんの一党を次々に倒したのは龍治さんだった」

「こたびの道場破りは、その意趣返《いしゆがえ》し？」

「そういうつもりだったんだろうが」

勇実はため息をついた。

寅吉の一党は各々《おのおの》武器を携えていたものの、門下生たちによってあっという間に奪われた。そしてまた、あっという間に組み伏せられ、地面に這いつくばって悲鳴を上げている。

唯一まだ立っているのは、寅吉である。

「矢島龍治、正々堂々と一騎打ちだ。かかってきやがれ！」

そう呼ばわるので、初めから寅吉には誰も手を出さず、龍治が任された格好である。

寅吉は長《なが》ドスを振りかざして襲いかかったものの、龍治は杵の柄《え》で難なく防いだ。手刀を一閃《いっせん》して寅吉の右手を打つ。寅吉はあっさり長ドスを取り落とした。

くそ、と罵《ののし》りながら、寅吉は龍治に殴りかかった。龍治はさっと身を沈めて躱すと、当て身を食らわせた。寅吉の痩せた体が吹っ飛ぶ。

龍治は杵を傍らの山蔵の手に押しつけた。

「おい、道場破り。くたばったか？」

名前すら呼んでもらえない寅吉は、呻きながら起き上がる。

「な、何の！　見くびるなよ。ここからが本番だぁ！」

寅吉はまた拳を構え、龍治に飛びかかった。龍治はひらりと躱し、足払いをかける。寅吉はしっかり引っ掛かり、すっ転ぶ。

それでも寅吉は起き上がる。

「まだだぁ！」

門下生たちが盛り上がり始める。与一郎がにやにやしている。珠代がやれやれと頭を振り、怪我の手当ての支度のために母屋に引っ込んだ。

寅吉はしつこかった。龍治にいなされ、投げられ、転ばされても、何度でも立ち上がる。まだだ、これからが本番だと、しつこく吠えては、当たりもしない拳を繰り出す。

千紘の目は、しなやかに流れるように動く龍治に釘づけだった。

腰を落としているぶん小柄な体がさらに小さく見えてもおかしくないのに、闘う龍治の姿は伸びやかだ。胸も背中もひときわ大きく見える。迷いのない足捌きは、軽やかに舞うかのようだ。

いつの間にか、正宗を肩に担いだ心之助が傍らにいた。

「千紘さんはあまり道場の見物に来なくなったね。幼い頃はたびたび来てくれていたのに」

「ええ。何となく気まずくて」

「ああやって生き生きと動く龍治さん、格好いいだろう？　たまに見に来てあげたら、龍治さんの励みにもなると思うよ」

千紘は恥ずかしくなって目をそらそうとした。しかし、どうしても、吸い寄せられるかのように、龍治のほうを見つめてしまう。

寅吉の体勢を突き崩した龍治が、一瞬、こちらを向いた。千紘と目が合って、にっと笑う。

まだだぁ、と起き上がる寅吉に歓声が上がる。

龍治は寅吉に向き直る。突進してくる寅吉と四つに組んだ。と思うと、次の瞬間には寅吉が地に転がっている。

勇実が言った。

「龍治さんは型稽古の美しさも見事だが、あんなふうに思いのままに、木刀さえ持たずに闘うときののびのびとした動きとなると、門下の誰も真似できない」

心之助が横槍を入れた。

「勇実さんもかなり強いだろう？　素手で乱取り稽古をするなら、龍治さんより上背《うわぜい》があって力も強いから、勇実さんに分《ぶ》がありそうなものだ」

「いや、体つきの差だけで勝てるとは、とても思えない。子供の頃とは違うさ」

勇実は心之助の肩に担がれた正宗の頭を撫でた。正宗は上を向いて勇実の手をぺろりと舐め、その指を甘噛みする。

さしもの寅吉も、そろそろおしまいのようだ。へたり込んで肩で息をしながら龍治を睨みつけているが、もはや立ち上がれそうにない。

龍治は寅吉の前で腕組みをした。

「首を洗って待っててやるとは言ったが、こんなにだらしねえんじゃ話にならねえ。なあ、寅吉。あれっきり、つき屋には迷惑を掛けてねえだろうな？」

「ふん、手を出したと言ったら、どうするってんだよ？」

「弱い者いじめは嫌だから、俺が手を下すことはねえよ。山蔵親分に後を任せて、きちんと裁きを受けてもらう」

龍治は山蔵に目で合図した。進み出た山蔵が十手を寅吉に突きつける。

寅吉ではなく、取り押さえられている仲間たちが口々にわめいた。

「俺たちは何もしてねえ！　つ、つき屋って何だよ！　盗みもゆすりもやったことねえよ！」

「賭場《とば》にちょっとだけ行ったことはあるが、賭けてもいねえ！　餓鬼は帰れって追い出されたんだよ！」

「だ、だから悪いことは何もしてねえんだ！　今日だって、寅吉が、ついてくるだけでいいって言うからさぁ！」

龍治は大きな声を出して、若者たちの言い訳を制した。

「わかったわかった！　ちょいとおいたをしただけなんだな。寅吉も同じじゃか？」

若者たちはがくがくとうなずき、寅吉はそっぽを向いた。

山蔵が苦虫を噛み潰したような顔をしている。

「単なる馬鹿どもでさあね。腕っぷしも弱けりゃ肝っ玉も小せえ。悪党とも呼べねえが、騒ぎを起こしたのは間違いのねえことだ。灸《きゅう》をすえてやらにゃあならんでしょう。どうしやすか？」

水を向けられた龍治は頭を掻いた。

「どうと言われてもなあ。別にさほど腹が立っているわけでもないし。親父、どうする？」

与一郎は寅吉の前にどっかと腰を下ろした。

「さて、どうしてくれようか」

与一郎もさほど背が高くないが、体の厚みは龍治とは比べ物にならない。腕や脚は勇実よりもどっしりと太い。剣術はもちろん相撲がまた凄まじく強く、若い力自慢の門下生でも到底勝てない。

強くて優しい与一郎おじさまは、幼い頃の千紘にとって、憧れの人だった。大きくなったら与一郎おじさまのお嫁さんになるのだと言って憚《はばか》らなかったくらいだ。

寅吉は顔を引きつらせながらも、与一郎から目をそらさずにいる。

与一郎は唐突に笑い出した。

「ああ、懐かしいな。山蔵、昔を思い出さんか？」

上機嫌そうな与一郎とは裏腹に、山蔵はこれでもかというほど顔をしかめている。

「よしてくだせえ。あっしは、腕っぷしだけは本物でした。与一郎先生にだけはどうしてもかなわなかったが、喧嘩は強かったんです」

「しかし、こうして庭で儂に挑んで延々と転がされ続けただろう。まさにこの餅つきの日にな。足腰が立たなくなるまで打ちのめしてやったら、何を思ったか、這いつくばりながら頭を下げたのだ。この道場に弟子入りしたい、と」

「この人の強さを盗んで、いつかやり返してやろうと、腹の底では思っていやした。年明けから道場での稽古に加わるようになって、やっぱりとてもかなわねえと思い知りやしたが」

「迷惑を被《こうむ》ったぶんの罪滅ぼしにと、目明かしの親分が山蔵を下っ引きとして使うようになった。それから二十年近くになるか。当時の親分は手札を返上してただの蕎麦屋の親父に戻り、山蔵親分はその婿に納まったというわけだ」

龍治と寅吉と、目が合った。龍治はにっと笑った。

「寅吉、おまえ、まともに剣術を習ってみたいと思わねえか？　おまえは根性がある。負けても負けても膂力《りょりょく》が続く限り立ち上がるなんて、なかなかできることじゃあねえ。見込みはあると思うぞ」

龍治に手を差し伸べられた寅吉は、おずおずとその手を握った。龍治は寅吉の手をぐいと引き、立たせてやった。

寅吉はうなだれて言った。

「剣術、教えてください。負けっぱなしではいたくないんで」

「いいだろう。志がある者はだれでも歓迎する。ついでに、下っ引きの仕事をしてみるってのはどうだ？　山蔵親分はきっと寅吉のためを思って、いろいろと鍛えてくれるぞ」

龍治はいたずらっぽい目をして山蔵を見やった。

山蔵は寅吉を睨みつけた。

「ええ、与一郎先生と龍治先生のご所望《しょもう》とあれば、あっしは何でも引き受けやすがね。しかし、昔のあっしとまったく同じってぇわけにゃあいきやせんぜ。少なくとも、こんなどうしようもねえ若造に娘は渡しやせん」

龍治はきょとんとした。

「娘は渡しやせんって、山蔵親分、そもそも娘なんかいないだろう？　子供はまだだって……」

山蔵はたちまち真っ赤になって、武骨な両手で己の口を覆った。

「あっ、もしかして！」

龍治が感づいたのと同時に、与一郎は山蔵の背中を叩いた。

「水くさいではないか。なぜ言わなかった？」

「ああ、いえ、その、いつ言うのがいいのかと悩みやして……産み月まであと二月ほどあるとかで、あっしとしてはまだ信じられねえというか、所帯を持って何年も経っていやすし、夢なんじゃねえかと……」

珠代が、湯を汲んだ桶を置きながら、山蔵に苦言を呈した。

「そういうことは早めにおっしゃい。おなかに赤子ができると、女は大変なのですよ。山蔵親分のとこのおかみさんはまだ三十に届かないけれど、産む前も産んでからも無理は禁物です。ちょっとでも困ったことがあれば、すぐに知らせてちょうだいな」

「へい」

「何はともあれ、おめでとうございます。楽しみですね」

「へい。ありがとうごぜえやす」

千紘は珠代のところへ駆けていった。

「おばさま、お手伝いすることがある？」

「では、怪我をした人たちの手当てを手伝ってちょうだい。一度沸かしてから冷ましたお湯で、擦りむいた傷口を洗ってあげるの。できるでしょう？」

「はい」

千紘は寅吉に目を向けた。いちばん土まみれになり、傷だらけになったのが寅吉である。節《ふし》をひねったりもしているかもしれない。

寅吉はぽかんと口を開けて千紘を見ていた。目を真ん丸にしている。年頃は千紘と同じくらいだろうか。

千紘は笑いかけてみた。

「こちらへ来ていただけます？　お湯がしみるかもしれませんが、傷を洗わないと、土まみれのままでは悪い病にかかるかもしれませんから」

寅吉は凄まじい勢いで千紘のもとへ飛んできた。膝小僧の擦り傷が増えるのもかまわず、千紘の前にひざまずく。

いつの間にか熱っぽく赤らんでいた顔で、寅吉は千紘を見上げた。すがりつかんばかりの熱烈なまなざしに、千紘は戸惑う。

まさか、と予感がした。予感は当たった。

「て、手前は寅吉と申しやす！　あなたのように愛らしい人、初めて出会いやした！　一目惚れです。体にびびっと震えが走って、もうあなたのことしか目に入りやせん！」

千紘は後ずさった。今何を言われたのか、あまりのことで、頭が追いつかない。ただ、寅吉の勢いに気圧《けお》された。

寅吉の首根っこを、誰より早く、勇実がつかんだ。さほど力を加えたように見えなかったが、勇実はやすやすと寅吉を放り投げた。

勇実は千紘を振り向いて、にこりと笑った。

「怪我人の手当ては、この兄に任せておけ。おまえは台所の手伝いをしなさい」

勇実の笑みも声音《こわね》も柔らかいが、目が少しも笑っていない。異様な気配を察したか、寅吉が押し黙る。

千紘は、止まっていた息を吐いた。庭じゅうの皆に注目されている。与一郎も珠代も呆れかえったような、何とも言えない顔をしている。

龍治が着物に袖を通しながら、さっと千紘のほうにやって来た。

「ほら、行こう」

龍治はためらいもなく、千紘の手首をつかんで優しく引っ張った。千紘は素直にそれに従って、龍治に半歩遅れて続く。

哀れっぽい泣き声が聞こえた。空腹なときの正宗の訴えにも似ていたが、肩越しにちらっと振り向くと、どうやら寅吉が嘆きの声を上げたらしい。

龍治の汗ばんだ掌が、少しだけ強く、千紘の手首を握った。

「嬉しかったのか？」

ぼそりと低い声だった。

「何がです？」

「愛らしいって言われて、一目惚れだって告げられて、どう感じた？　やっぱり嬉しかったのかって訊いたんだ」

母屋の角を回ると、日陰になっている。明るい庭のにぎわいも皆のまなざしも、少し遠ざかった。

もち米を蒸す匂いが漂ってくる。台所の勝手口まで、十歩あまり。それまでは、千紘と龍治の二人きりだ。

千紘は龍治につかまれた手首をそっと動かした。千紘の手よりも大きな龍治の手は、放してくれない。半歩先で足を止めた龍治は、千紘のほうを向いてくれない。

「嬉しくなかった。初めて会った人にいきなり言われたって、愛らしいなんて言葉、嬉しくないんです」

「初めてじゃなくなれば変わるのか？　あいつは千紘さんに会うたびに、同じ言葉を繰り返すかもしれねえぞ」

「困ります」

「どうして？」

「困るんです。どうしても」

龍治さんは困らないんですか？　わたしがあの人にちやほやされていい気になってしまっても、困らないの？

意地悪な顔をして、そう訊いてしまいたかった。

いや、できるはずもなかった。困らないよと答えられてしまったら、千紘はどうしていいかわからない。

千紘は、だらんと垂らしていたほうの手を持ち上げた。千紘の手首をつかむ龍治の手に、自分の手を重ねてみる。

ごつごつと節の太い、温かい手。木刀を握ってできた、たこが硬い。

龍治がようやく振り向いた。

「手が冷たいな」

「寒いんですもの」

龍治は千紘に向き直ると、温かく大きな両手で千紘の冷えた両手を包み込んだ。

千紘の胸の奥が、首筋が、顔じゅうが、たちまち熱くなる。くらりと、めまいがするような心地だ。見上げた先で、龍治は祈るように目を伏せていた。

たぶん、呼吸ひとつぶんか、ふたつぶん。そのくらいの短い間だった。千紘は思わず息を止めてしまったから、時の流れを数えそこねた。

龍治は千紘の両手を放し、もとのとおりに手首をつかんだ。

「台所の手伝い、よろしくな。お光もお吉も張り切っちゃいるが、何せ年だ。無理して腰でも痛めてもらっちゃ困る」

まるっきりいつもの調子で言ってのける龍治だが、千紘は気づいてしまった。

龍治の口元には、照れたような笑みがあった。いつものからりとした笑い方とは、確かに違った。その唇はとても柔らかそうだった。

庭では餅つきが再開したらしい。威勢のよい掛け声が聞こえてくる。

もうすぐ一つの年が終わって、新しい年がやって来る。次はどんな一年になるだろうか。

願わくは、と千紘がとっさに思ったのは、龍治の温かな掌のことだ。

この手が怪我をしませんように。いつも元気で木刀を握っていられますように。

またわたしの手を包み込んでくれますように。

千紘は、言葉にできない望みを抱えながら、来年こそはこの胸の高鳴りの正体に名前をつけようと心に決めた。

この作品は双葉文庫のために書き下ろされました。

双葉文庫

は-38-05

拙者《せつしゃ》、妹《いもうと》がおりまして❺

2022年4月17日　第1刷発行

【著者】
馳月基矢《はせつきもとや》

【発行者】
箕浦克史
【発行所】
株式会社双葉社
〒162-8540 東京都新宿区東五軒町3番28号
［電話］03-5261-4818（営業部）　03-5261-4833（編集部）
www.futabasha.co.jp（双葉社の書籍・コミックが買えます）
【印刷所】
中央精版印刷株式会社
【製本所】
中央精版印刷株式会社

【フォーマット・デザイン】
日下潤一

ISBN978-4-575-67106-3 C0193
Printed in Japan

築山桂
左近 浪華の事件帳〈新装版〉
闇の射手
長編時代小説
大坂の町を陰で守り続けてきた〈在天別流〉の姫、強く美しい東儀左近の活躍譚第2弾！ 難事件と重大事実を前に、左近の心は揺れる。

築山桂
左近 浪華の事件帳
影の泣く声
長編時代小説〈書き下ろし〉
四天王寺で左近は見知らぬ女性にすがりつかれる。大坂の守り神として、息子を轢き殺された無念を晴らしてほしいと。シリーズ第3弾！

築山桂
左近 浪華の事件帳
眠れる名刀
長編時代小説〈書き下ろし〉
名刀「小竜景光」が奪われ、持ち主の庄屋は惨殺された。大坂を守る〈在天別流〉の姫・左近が賊を追う。快刀乱麻のシリーズ第4弾！

築山桂
家請人克次事件帖〈新装版〉
夏しぐれ
長編時代小説
江戸の困窮者を助ける庶民のヒーロー、それが家請人。住み処を確保できない訳ありの者たちを信じて保証する。傑作が新装版で登場！

築山桂
家請人克次事件帖〈新装版〉
冬の舟影
長編時代小説
江戸の町で続けざまに幼い娘のかどわかしが起きていた。心根やさしき元十手持ちの克次は、兄妹の絆に胸を打たれ、探索に乗り出す。

築山桂
家請人克次事件帖〈新装版〉
春告げ鳥
長編時代小説
在方から江戸に出て懸命に働き、船宿の主となった男が妻子を残して首をくくった。その死を怪しみ、克次が追ったその先には。

築山桂
家請人克次事件帖〈新装版〉
秋草の花
長編時代小説
克次の手下だった安五郎らが襲われ、かつての捕り物に恨みを持つ者の仕業と思われた。克次は同心に願い出て、捕物に加わる。